Comme par effraction

Odile ANIZET

Comme par effraction

Édition : BoD – Books on Demand, info@bod.fr
Impression : BoD – Books on Demand, In de Tarpen
42, Norderstedt (Allemagne)
Impression à la demande
ISBN : 978-2-3224-6055-7
Dépôt légal : octobre 2022

Comme par effraction

Avant-propos

« Si on pouvait le dire avec des mots, il n'y aurait aucune raison de peindre. » Edward Hopper

L'image est aujourd'hui trop souvent considérée comme une représentation exacte de la réalité et, par là même, comme une vérité. Pourtant, elle renferme en elle des trésors et permet ainsi de multiples interprétations.

J'ai choisi de me saisir d'œuvres connues ou non de peintres et photographes d'hier et d'aujourd'hui. Merci à eux d'avoir ainsi créé des univers aussi généreux.

C'est un vrai plaisir d'entrer, comme par effraction, dans l'existence de personnages qu'un artiste a mis en scène. Juste une façon de s'immiscer dans une scène, comme un invité qu'on n'attend pas, un indiscret qui se dissimule derrière un autre titre.

Êtres aux prises avec les convenances, s'aimer un jour ou toujours, vivre en famille ou simplement profiter d'un instant de bonheur : les hommes et les femmes dont il est question ici sont des hommes et des femmes d'hier et d'aujourd'hui, qui disent leur époque, ses crises ou ses absurdités. Mais ils tracent aussi l'éternel sillon de l'existence humaine.

Ces textes sont une sorte de miroir sur nos vies et je vous invite, lecteur, à écrire votre propre version.

Odile Anizet

Partie 1

"La liberté c'est toute l'existence, Mais les humains ont créé les prisons, les règlements, les lois, les convenances ; et les travaux, les bureaux, les maisons."

René Clair - A nous la liberté

Elle me porte sur son dos

« Le courage, c'est ce qui fait la différence entre les gens » Marie-Laure de Decker

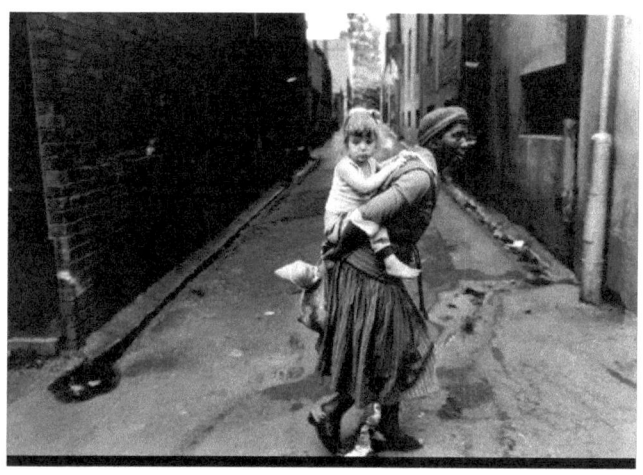

Regards sur l'apartheid - Marie-Laure de Decker- 1972

Elle me porte sur son dos….C'est ce que dit la photo que je viens de retrouver dans les papiers de mon père, ceux qui sont arrivés de Durban après sa mort. Au dos : « Durban- 1964 »

Elle, c'est Mbaly, ma nanny. Elle vit chez nous, dans un minuscule réduit, à côté de ma chambre parce qu'elle doit être là pour moi, à toute heure. Nounou à plein temps, sans répit, sans vacances, sans d'autre enfant que celle d'un autre, son baas blanc.

Mon père n'est pas riche. Né à Durban, d'une famille anglaise implantée depuis le XVIIIème siècle, il travaille au port, comme chacun de ses frères, comme l'ont fait son père, son grand-père. Nous habitons dans la presqu'île de Bluff, un quartier blanc alors que la famille de Mbaly est cantonnée au district d'Umlazi, un endroit sans confort où la maladie décime bien des nourrissons.

Je crois que c'est là qu'est prise la photo. Pourquoi nous y trouvons-nous ? Je ne m'en souviens pas ; j'ai quatre ans. J'essaie d'en imaginer la raison : un de ses enfants malades ? Son mari qui a eu un accident à la mine ? Sa mère peut-être ? La mienne ne doit rien savoir. Oui, je pense que nous sommes à Umlazi. La presqu'île est plus propre, moins triste ; il y a des jardins où s'étalent jacarandas et flamboyants, de belles dames qui prennent le thé sur leur terrasse et des enfants blancs qui jouent sur des pelouses vertes. Dans ces habitations circulent sans bruit des domestiques noirs qui s'occupent de rendre aisée la vie des blancs.

Longtemps je n'ai pas compris que j'étais blanche. D'abord parce que j'ai quitté l'Afrique du Sud quand j'avais dix ans, me retrouvant avec ma mère et ma sœur dans le fog anglais de Londres. Et puis, jusque là, il y avait Mbali pour m'aider en tout. Je sentais bien que nous n'étions pas sur le même pied d'égalité, enfin, je sentais quelque chose comme ça parce que ma mère la tutoyait et n'attendait d'elle qu'obéissance et soumission, sans jamais se soucier de qui elle était, ni de comment elle vivait. Nous n'avions pas la même couleur de peau mais cela ne voulait rien dire pour moi. C'était ma Nanny et je crois qu'elle m'aimait. Il y a chez les femmes une capacité à ne pas haïr pour rien. J'étais une enfant, vulnérable, sans autre attention que la sienne, sans autre affection que la sienne. Je n'étais pas blanche ; elle n'était pas noire ; j'étais une petite fille ; elle était ma Nanny.

Sur la photo, je tiens ma poupée par le bras, nonchalamment, comme l'antithèse de ces bras qui me soutiennent, me portent et me protègent de la boue, de la saleté des rues. Je suis juste aggripée à ses épaules, légèrement aggripée, comme mûe par une indicible confiance. Je n'ai pas conscience du monde dans lequel je vis. Je ne sais pas encore que Mbaly a laissé ses enfants à sa mère, son mari à la mine d'or du Transvaal.

Ce qui me revient, c'est qu'elle sait me distraire en me racontant l'histoire d'Abiyoyo ou m'apaiser en me chantant « Thula baba », la berceuse qui m'annonce le retour de mon père, celui d'une étoile qui le précèderait pour le guider vers moi.

Thula thul, thula baba, thula sana,
Thul'ubab uzobuya, ekuseni.
Thula thul, thula baba, thula sana,
Thul'ubab uzobuya, ekuseni.[1]

Mais moi, je ne le vois pas revenir parce qu'alors, il est sur le port et rentre bien tard à la maison, s'il rentre même parfois. Je sens ma mère

---

[1] *Sois sage, sois sage petit homme, sois sage bébé,*
Sois sage, Papa sera de retour au matin.
Sois sage, sois sage petit homme, sois sage bébé,
Sois sage, Papa sera de retour demain matin.

malheureuse, ce malheur qui la fait rudoyer les domestiques, crier contre ses enfants quand elle les croise incidemment.

Mbali m'apprend aussi les comptines avec sa voix grave que ses propres enfants n'entendront jamais. Mais il y a surtout « Shona malanga » :

Shona !

Shona malanga !

Shona malanga shona !

He sizo dibana

Dibana, dibana[2]

Je découvre bien plus tard que c'est un chant de lutte contre l'apartheid. Mais pour moi alors, c'est seulement une mélodie, des sonorités, un rythme qui me donnent envie de taper dans les mains et

---

[2] Descends !
Que le soleil descende !
Que le soleil descende, descende !
Jusqu'à ce que nous nous retrouvions !
Nous nous retrouvions, nous nous retrouvions !

de danser. Alors je tape dans mes mains, je danse et Mbali tape dans ses mains et danse avec moi, avec ce drôle de sourire parfois, ce regard humide qui m'interpellera plus tard, beaucoup plus tard, quand je comprendrai. Mais il sera trop tard. Je serai déjà loin d'elle, de ce pays et de ses bouleversements.

Sur ce cliché, j'ai l'air détendu, heureux. Je n'ai pas peur. Je suis une enfant sur le dos d'une femme. Je suis pieds nus. Peut-être sommes-nous parties à la hâte ? Elle, elle a un air sombre que je ne lui connais pas. Je dois être trop lourde et je la fais souffrir. Ou elle a peur d'être surprise ainsi, moi blanche sur son dos de noire, dans une société qui nous sépare et où la police a des yeux partout.

Que se passe-t-il ensuite ? Elle a dû me ramener à la maison. Qu'ai-je vu de son quartier, de sa maison, de sa vie ? Ai-je rencontré ses enfants, sa mère dans la case qu'ils partagent et que j'imagine comme celle que j'ai pu voir lors de mon voyage à Soweto, après, bien après les événements qui devaient changer à tout jamais l'Afrique du Sud ?

Mes souvenirs d'enfance n'en gardent aucun trace et j'en pleure de rage et de chagrin.

Petit matin

« Winter » *Georges- Henry Boughton-1833-1905-*

—D'où venez-vous ma chère ?

—Ah, vous êtes là. Il fait froid ce matin, ne trouvez-vous pas ? Il vaut mieux être très habillé ! Ainsi j'apprécie le manchon que vous m'avez fait confectionner avec ce vilain renard qui dépeuplait le poulailler !

—...

Il se tient à distance, une main appuyée sur ce fichu parapluie vert qu'elle déteste tant, pour l'avoir si souvent vu frapper les épaules des domestiques, l'autre main ancrée sur la hanche, coude ouvert. Il est là, face à elle, dans son pardessus élimé, homme vieillissant et qui demande des comptes.

Lui demander des comptes à elle ? Et en vertu de quoi ? Parce qu'elle est son épouse, sa bien plus jeune épouse ? Mais c'est ainsi, n'est-ce pas ! Il en a le droit ; il a tous les droits. Sa mère ne le lui a-t-elle pas seriné, juste avant leur mariage ?

« La femme appartient à son mari qui peut en faire ce que bon lui semble. C'est notre lot à toutes, ma chérie et ce ne sont pas les quelques contestataires qui manifestent à Washington qui y changeront quelque chose ! Soumets-toi, sinon tu seras malheureuse. »

Se soumettre ? Et pourquoi ? La femme serait donc « civilement morte »[3].

Louise fuit pourtant le regard de son mari, tête basse, les yeux dissimulés par le large chapeau noir garni de quelques plumes, mains recroquevillées dans le manchon de renard roux. Que lui dire d'autre que cette remarque sur le temps qu'il fait ? D'ailleurs, il n'y a rien d'autre à dire que cela. Lui confier ce qu'elle vient de faire serait la condamner à la damnation, à la répudiation qui sait !

— D'où venez-vous, ma chère, par ce froid ?

---

[3] Mildred Adam 1934

—Je me promène, répond Louise de sa voix douce. J'aime le froid. Ne trouvez-vous pas que l'hiver est une belle saison ? Certes, le froid est mordant mais il donne du rouge aux joues.

—Ce rouge ne vient-il pas d'autre chose, ma très chère ?

Louise lève les yeux vers cet homme qu'elle n'a jamais aimé et n'aimera jamais. Qu'il est laid, posté devant elle en accusateur ! Planté, devrait-elle dire, les deux jambes écartées, la mine sèche et l'air chafouin. Comment a-t-elle pu partager sa couche ? Revivre cette étreinte d'une rare laideur la fait frissonner.

—Vous avez froid et vous sortez par ce temps glacial ! Regardez vos bottines : détrempées comme si vous aviez fait des kilomètres dans la neige. D'ailleurs les avez-vous faits, ces kilomètres ? Vers la cabane de chasseurs peut-être ? Pour y retrouver un homme, non ? Allons répondez ! Vous n'êtes pas en mesure de fuir, de mentir. Vous me devez la vérité car je suis votre époux et je suis responsable de vous. (Silence) Madame, j'attends ?

Louise soupire en levant les yeux. Elle croise un instant le regard noir de John Boughton.

Ne rien dire. A quoi cela servirait-il ? Qui admettrait sa version ? Elle n'est pas admissible dans cette société figée de convenances ancestrales. Garder le secret est la seule option. Avouer ces choses pourrait être puni par la loi. Si seulement on pouvait agir sans se cacher, vivre pleinement l'urgence de rendre la vie plus belle ! Mais ce siècle est puritain : la culture, la religion, les hommes, tout concourt à garder les femmes dans un état d'infériorité, à les contraindre à obéir sans discuter, à ne pas penser, à ne pas vivre, à ne pas jouir de la vie. L'homme blanc est roi !

—Qu'attendez-vous que je vous dise, Monsieur ? Je me promène, voilà ce que je suis en train de faire.

—Vous vous moquez de moi. Savez-vous que je puis vous enfermer, vous faire garder par une domestique, dans la solitude la plus absolue ?

—Feriez-vous cela, Monsieur, vous qui m'avez dit qu'ici je serai libre de faire ce que je veux, dans la mesure où je respecte notre contrat.

—Le respectez-vous, Madame ?

—Oui, Monsieur, je le respecte. Il n'y a rien ici que je puisse me reprocher de faire. Je me promène ce matin de bonne heure, dans la neige. Mes bottines sont mouillées ; j'ai peut-être un peu froid. Mais je me sens libre, Monsieur, enfin libre !

—Pourtant Madame, je vois que vous avez couru. Votre souffle reste court et le rouge à vos joues, s'il vous va à ravir, me dit, à moi, que vous me cachez quelque chose.

—J'ai couru, Monsieur, je l'avoue. Je voulais retrouver la sensation que j'avais, petite, lorsqu'avec mon père, nous allions au galop dans les prés de Stanfield. Est-ce interdit par le mariage, Monsieur ?

John Boughton se tait. Il n'a pas bougé. Statue d'un commandeur de plantation, il plonge son regard dans celui de Louise qui ne bronche pas.

—Quand baisserez-vous les yeux, ma chère. Oubliez-vous qui je suis et ce que vous me devez ?

—Que vous dois-je, Monsieur ? Un nom, un domaine, un titre ? J'avais tout cela avant de vous connaître. Avant que nos familles s'entichent de nous marier. Pour des raisons bien matérielles, non ? Ma fortune ne vous a-t-elle pas permis de conserver ce domaine ?

—Mais vous raisonnez, Madame. Est-ce bien digne d'une femme ? Où avez-vous appris cela ? Auprès de votre amant ? Ce bellâtre dont je vois parfois la monture traverser mes champs au mépris de ma propriété. C'est lui, n'est-ce pas ? Ce comte de je ne sais quoi ? Un jouisseur, un malfrat. J'ai ouï dire qu'il aide les esclaves à quitter leur état. Depuis quand les nègres ont-ils besoin de liberté ? Ce sont seulement des meubles qu'on achète, qu'on vend, parce qu'ils ne sont bons qu'à cela.

Louise s'est détournée pour dissimuler sa rage.

—Retournez-vous, Madame. Madame, je vous parle. J'attends une explication.

Il la saisit soudain par le bras, l'obligeant à lui faire face.

—Vous me faites mal, lâchez-moi ou…

—Ou quoi ? Vous allez faire quoi ? Vos bagages peut-être ? Pour aller où, Madame ?

Louise ne dit rien. Même son visage ne dit plus rien. Que peut-elle faire ou dire ? Elle est liée à cet homme à jamais. Comme toutes les femmes de son époque, elle ne peut rien d'autre que subir l'autorité souvent violente de son époux.

Soudain, un coup de feu retentit. John Boughton s'effondre. Là, à quelques mètres de lui, se trouve un destrier blanc, monté par un cavalier. Louise se précipite vers lui, se saisit du fusil, le pose près du corps, sans un mot, sans un regard. Puis elle part en courant vers le château. Elle dira plus tard qu'elle a découvert son mari, un peu plus loin, là où s'arrête la propriété. Il gisait dans la neige, rougie de son sang, le fusil à portée de main. Le domaine était aux prises avec des problèmes financiers. Ne l'avait-il pas supporté ? Ou n'avait-il pas déjà compris que son monde était en train de disparaître ?

Louise se dit alors qu'elle pourra accueillir qui bon lui semble au château, même si elle devra se montrer prudente quand ce seront les esclaves fugitifs des plantations environnantes. Mais ces promenades matinales l'y ont préparée.[4]

---

[4] « La lutte contre l'esclavage a été l'un des facteurs de rapprochement entre les femmes, toutes les femmes qui vivaient sur le sol américain. » Juliette LEDRICH - *Évolution du féminisme états-unien au XXe siècle à travers le prisme de trois femmes journalistes : Mildred Adams, Dorothy Dunbar Bromley et Susan Brownmiller*

Enfin partis !

Linda Christensen – Wife- 1982

Enfin ! J'ai cru qu'ils ne partiraient pas !

Pourtant ce sont nos amis mais je crois qu'en dépit de tout, je n'ai pas vraiment envie d'avoir d'amis. Je suis vite agacée par les rodomontades des uns et des autres, par ces conversations de « surface », si superficielles. De même les débats politiques qui mènent à des hauteurs de ton qui m'effraient, tant la passion qui les provoque me semble surdimensionnée. Sans parler de l'intérêt qui ne me paraît pas toujours réel pour ceux qui nous sont chers.

—Et les enfants, comment vont-ils ? Ils sont en quelle classe, déjà ?

—Et votre fille, toujours infirmière ?

Moi-même d'ailleurs, je joue le jeu. Que ferais-je d'autre ? Et puis, de quoi parler, si on ne peut ni évoquer l'actualité, ni la famille des uns et des autres, ni les exploits, les voyages, les rencontres avec ceux qui n'ont rien fait de leur temps.

Malchanceux ou imbéciles. Comme s'il fallait toujours faire, agir, se bouger, aller là parce que c'est bien, ne pas faire ça parce que ça n'apporte rien…. L'oisiveté est mère de tous les vices ! Quelle stupidité ! S'ennuyer, être libre de son temps, faire si l'on veut, ne pas faire si l'on ne veut pas, aller à droite, revenir, errer sans but, sans craindre le regard étonné, voire outré des autres. En poussant plus loin, pourquoi n'ai-je pas reçu mes amis à un goûter plutôt qu'à un déjeuner ? Pourquoi me suis-je efforcée d'utiliser ma plus belle nappe, de l'orner de fleurs et de billes chinoises, de choisir assiettes, verres, couverts ? Pourquoi ai-je enfilé cette magnifique robe bleue assortie à mes yeux et accordée aux longs verres à eau, aux serviettes et au chemin de table fleuris de myosotis et de pensées ? Pourquoi Jean est-il allé chercher ses meilleurs vins pour accompagner le repas que j'ai pensé dans ses mille détails ?

Parce que cela se fait ! C'est ainsi qu'on reçoit. Pour faire bien ? Non, parce que c'est ancré en nous, que notre éducation a déposé ce vernis sur notre façon de vivre. Le décorum est nécessaire à toute réception. Il faut que ce soit beau, bon, en un mot « parfait ». Je serais malhonnête si je n'avouais pas le plaisir que j'ai souvent ressenti à cela. Mais depuis quelques semaines, je remets tout en doute. Enfin, depuis le décès de Julie, mon amie d'enfance. Rien ne me semble plus aller de soi. Tout me semble sans intérêt. Je redeviens l'enfant qui disait pourquoi ci, pourquoi ça, qui cherchait la raison de toute chose parce que rien encore n'était certain pour elle.

Julie était une fille sublime en tout, belle, brillante, pleine d'empathie pour le monde et partageant généreusement la fortune dont elle avait hérité. Une femme qui semblait comblée tant son sourire permanent illuminait toute assemblée. Une femme heureuse, en apparence, puisque jamais plaintive ni critique, toujours soucieuse de son époux, de ses enfants, de ses amis et ouverte à quiconque croisait son chemin.

Alors pourquoi ? Pourquoi a-t-elle sauté dans le précipice qui borde la nationale, dans la descente de Morlaix ? Pourquoi la lettre que j'ai reçue quelques jours après qui me disait combien elle était triste de quitter une amie ? Pourquoi ce silence sur les raisons de son geste ?

Depuis lors, j'ai perdu toute certitude, toute sérénité. Je ne sais plus si j'aime la vie que je mène, si recevoir des gens m'importe ou non, si dresser une table selon les critères du manuel de savoir-vivre, offert par ma mère à mon mariage, est si indispensable que cela, si je suis encore amoureuse de Jean et même, et cela me détruit encore plus, je suis attachée à mes enfants ! L'horrible pensée bien sûr ! Mais elle est là, au fond de moi, fichée dans ce présent morose, dans les tourbillons néfastes qui ravagent mon esprit. Et moi, alors ? Je me déteste, je ne puis plus regarder mon image dans un miroir sans frissonner de haine.

Que m'arrive-t-il ? Je ne sais pas l'expliquer, je ne veux pas l'expliquer. Car il y a une sorte de délice à découvrir un autre état d'esprit, même si celui-ci est absolument délétère.

Que vais-je devenir alors ? Quand cessera cette divine torture ?

Il est tard maintenant. Ils sont partis. Et moi je reste.

Soudain une voix douce et musicale, comme une valse qui invite au bonheur. C'est ma petite Laura qui parle en dormant. Et je sens bientôt la fraîcheur d'une main se poser sur mon épaule dénudée tandis qu'un bras solide m'enlace et qu'un baiser léger est posé dans mon cou : « c'était parfait, comme d'habitude, ma chérie. Et si on allait dormir ? »

Alors je sais que cette fois-ci encore, j'échappe encore à mes démons.

Partie 2

"Un couple qui réussit est un peu plus qu'un homme plus une femme. C'est un équilibre et un mouvement un peu mystérieux."

François Nourricier

Fenêtre sur huis clos

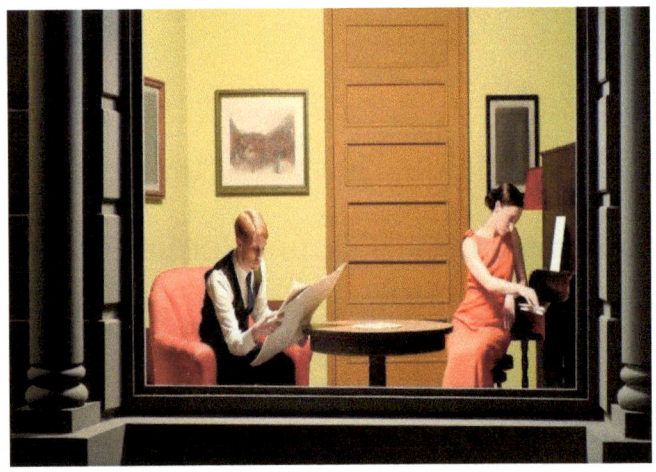

"Room in New York" *Edward Hopper*- 1932

Mi, mi, fa mi, mi

Mi, mi, fa, mi, mi…

Eva égrène les quelques notes, d'une main souple et légère, paume en coque, longs doigts effleurant les touches, rien qu'effleurant, comme pour ne pas marquer la dissonance.

Le chignon rond blotti à sa nuque est parfait. Rien ne dépasse, rien ne trouble l'apparence nette et harmonieuse. Penchée de profil sur le clavier, tête baissée, bras gauche nonchalamment appuyé sur le piano.

Pourtant Eva paraît être à bien autre chose. Ennui, lassitude, solitude, tristesse ? Sa longue robe rouge laisse découvertes ses épaules tout en rondeur ; les plis dissimulent sa parfaite silhouette, celle qu'il semblait vénérer. Autrefois, pas aujourd'hui. Du moins, c'est ce qu'elle pense, ce qu'elle redoute aussi. Qu'il la quitte. Bien sûr, on ne s'attend jamais à cela. Surtout quand on n'a que trente ans, qu'on est belle, intelligente et qu'on aime la vie. Mais voilà, c'est une éventualité maintenant. Il peut la quitter ; il devrait, après ce qu'il a fait. C'est dans la logique des choses, dans la logique de leur relation. D'où ces notes qui disent une chanson qui parle d'abandon, de sacrifice, d'abnégation totale, par amour, par passion.[5]

Mi, mi, fa, mi, mi

Mi, mi, fa, mi, mi...

Lui préfère le rouge du fauteuil qu'il habite d'un bout de fesse. Coiffure blonde impeccable, cravate noire sur chemise blanche, gilet noir. Le parfait New Yorkais. Absorbé par la lecture du journal qu'il tient haut, comme pour dissimuler Eva à ses yeux.

---

[5] « Ne me quitte pas » Brel

Presque vide le journal, ce matin, comme lui paraît aujourd'hui sa vie avec elle.

Que reste-t-il de la passion qui les dévorait nuit et jour, sans relâche qu'un sommeil, embrassés ?

Qu'est devenue la folie qui les portait à vivre goulument, sans rien craindre de l'avenir, sans rien désirer d'autre que d'être ensemble, éternellement ?

Julian laisse ses yeux courir sur la même page, sans rien retenir de ce qu'il voit : il ne peut pas lire tant il est envahi par l'urgence de sa décision ; le journal fait écran au déferlement d'angoisse qui l'habite. La quitter, oui, il doit le faire, après tout ça. Mais comment ? Comment gommer les années joyeuses de leur vie, les voyages vers des ailleurs qui les nourrissaient, dardaient en eux l'aiguillon d'un amour absolu où chacun se perdait délicieusement en l'autre, en pleine volonté. Comment survivre à un tel amour ? Ouvrir cette vilaine porte brune ;

jeter un dernier regard à ces tableaux quelconques achetés parce que c'était la mode ; ne pas la regarder, la laisser à sa musique lancinante, triste, décourageante ; fermer la porte, tout doucement, comme un voleur de bonheur ?

Mi, mi, fa, mi, mi

Mi, mi, fa, mi, mi…

Ou…

Eva s'évade. Pas loin, non, juste par la fenêtre grande ouverte qui laisse glisser les notes dans la nuit de New York. Elles rejoignent les trépidations d'une ville sans repos : klaxons, cris parfois, rumeur d'une humanité qui ne dort jamais. Mais aussi lumières des néons qui enflamment l'obscurité, faisant lever le jour avant l'heure. Sortir, voilà, sortir ce soir. Comme on l'avait prévu mais comme on ne l'a pas fait parce que…

Mi, mi, fa, mi, mi

Mi, mi, fa, mi, mi…

—C'est agaçant à la fin, cet air !

—Ah ?

—Oui, ces notes qui résonnent, toujours les mêmes !

—…

— Pourquoi ne dis-tu rien ?

—Pourquoi veux-tu que je te dise quelque chose ?

Eva tourne son corps vers l'instrument, ultime protection contre les mots, ceux qu'ils pourraient se dire, ceux qu'ils vont peut-être se dire. Enfin.

—Eva, regarde-moi. Au nom de notre amour.

—De quel amour parles-tu, marmonne Eva, immobile.

—Le nôtre, Eva, répond doucement Julian.

—Le nôtre ? Mais il n'existe plus, dit-elle en se retournant brusquement. Tu l'as brisé, jeté aux orties, trahi, dit-elle dans un cri.

—Non, je ne l'ai pas trahi. J'ai seulement stoppé sa progression.

— « Stoppé sa progression » ! Quelle belle expression ! Dis plutôt que tu as commencé une autre histoire, sournoisement, sans rien montrer, comme si tu pensais que je ne verrais rien !

—Eva, c'est une histoire d'amour. Je sais, encore une, me diras-tu !

—Encore une ! Il y en a eu tant d'autres, alors ? Je crois que je m'en doutais un peu. Mais je pensais que ces passades allaient… passer. N'est-ce pas ainsi ?

—Eva, non. Ce n'est pas une passade.

—Je te déteste. Je hais tes mensonges ; je hais jusqu'à l'amour que nous nous portions. Et d'ailleurs, m'aimais-tu ?

—Que vas-tu penser ? Pourquoi remettre en cause ce qui nous lie à jamais, ce sentiment d'être deux coques d'un même fruit, de regarder dans la même direction, ce…

—Eh bien, tu as bifurqué, toi, l'interrompt Eva.

—J'ai pris un chemin de traverse, peut-être. Une invite à un monde inconnu ; un coin de ciel encore inexploré. Mais je suis ainsi fait que la compagnie des femmes me plait, toutes les femmes. Même si la seule qui compte, c'est toi. (Un temps) Et Solange. Maintenant.

—Oh, s'exclame Eva dans un éclat de rire ! Elle s'appelle Solange ! Quel horrible prénom !

—Ne sois pas ignoble, Eva. La trivialité ne te va pas ! Ne détruis pas notre si belle histoire, ne salis pas nos souvenirs communs. Non ! Pas ça, je t'en prie !

—Parce que c'est moi qui détruis notre histoire ! On aura tout vu. Monsieur rencontre une femme, la saute- au passage, Louis me l'avait déjà dit ; tu sais, Louis, ton meilleur ami, celui qui ne dévoile rien de tes secrets ! - Donc, je subis tout cela et c'est moi qui détruis notre si belle histoire ! J'en arrive à me questionner sur la beauté de cette histoire ! (Elle s'arrête, respire, semble prendre des forces). J'aurais préféré que tu meures, tu sais. J'aurais eu du chagrin, j'aurais dépéri, j'en serais peut-être morte, mais au moins, je ne serais pas sentie aussi humiliée de ma vie !

Mi, mi, fa, mi, mi

Mi, mi, fa, mi, mi…

Pfutt : la main d'Eva a glissé bruyamment sur le clavier, rageusement, tout emplie de colère, libérant ainsi la violence qui l'agite. Le corps est impassible pourtant, presque clos sur l'instrument maintenant silencieux.

—Je te hais ; va-t'en, dit-elle dans un souffle.

—Eva, je t'en prie.

Julian s'est levé, jetant le journal sur la table ronde qui les sépare. Il se tient face à elle, obturant la fenêtre. Elle garde la tête baissée, obstinément, refusant tout contact, tout dialogue.

—Eva, regarde-moi. Je ne vais pas t'abandonner, tu sais. Rien ne peut me faire t'abandonner.

—Menteur, tu n'es qu'un menteur ! Comment peux-tu mentir ainsi ? Regarde ; voilà ce que j'ai trouvé dans une poche de ton veston.

Elle montre l'enveloppe beige, sur la table. Julian a pâli.

—Tu vois, je sais que tu t'en vas. Et je sais où, et avec qui. C'est écrit là, dans cette enveloppe, sur des billets d'avion pour Camberra. Camberra, c'est l'Australie, n'est-ce pas ? Tu te souviens ? Nous voulions y aller. Et tu y vas, sans moi. Et nous alors ?

—Oh, tu ne veux pas comprendre, Eva. Il n'y a plus de nous, Eva. Oui, je pars. Je t'en prie, admets que notre histoire est finie. Dix ans d'une vie bien remplie, somptueuse, heureuse. Mais Il y a encore tant d'années à vivre, pour moi mais aussi pour toi. Et puis, le charme est rompu, le mystère a disparu ; la routine est là. Regarde, je lis le journal, tu pianotes et nous ne partageons plus rien. Nous laissons même une table s'installer entre nous !

—Va-t'en, Louis ; c'est vrai, tu n'as que ça à faire. Ne perds pas ton temps avec tes trahisons. Vis ta vie et je vivrai la mienne, ou pas, ne t'en fais pas pour moi.

Mi, mi, fa, mi, mi

Mi, mi, fa, mi… sol, sol, la, si, si, si, si …

Instants volés

« La photo, c'est une page écrite, un cri, une chanson, c'est une forme d'expression mais ce n'est pas un appareil » Man Ray

« Terrasse de café » - Maurice-Louis Branger-1925

Elles se sont installées comme chaque mardi, toujours à la même place.

D'abord la plus grande, une jeune femme tout en longueur, élégante. Elle a une sorte d'intemporalité qui contraste avec sa tenue, toujours très au goût du jour. Aujourd'hui, par exemple, elle porte cette jupe à volants plats qui sied tant aux femmes et ces souliers à brides qu'on appelle « salomés», il me semble. Sur la tête, un large turban cache ses cheveux dont quelques mèches s'échappent. Et la veste large, presque trop grande qui dégage un peu le haut du corps mais qu'une lourde écharpe complète joliment. J'ai longtemps pensé qu'il s'agissait d'un écrivain célèbre mais non. J'ai appris plus tard mais chut, ce n'est pas encore le moment.

L'autre femme arrive après, toujours « en retard ».

—Excuse-moi, ma chère Laure, je suis encore en retard. Je suis débordée !

Laure, puisqu'elle se prénomme ainsi, lui sourit, lui montre la chaise cannée à côté d'elle, l'invite à s'asseoir, sans un mot.

Adèle, c'est le prénom de la retardataire, est plus petite, plus boulotte peut-être et surtout plus expressive. On sent qu'elle aime la vie et le Cinzano.

—Monsieur Georges, un Cinzano, s'il vous plait, me dit-elle dès qu'elle rejoint son amie. Parfois sans même s'asseoir. Je hoche la tête : son Cinzano est déjà prêt alors je surgis derrière elle et le lui sers immédiatement.

—Oh merci Monsieur Georges. Sans vous…

Elle ne termine jamais cette phrase. Sans doute ne saurait-elle pas la finir. Qu'est-ce qui se passerait si je n'étais pas là ? Quelqu'un d'autre lui servirait le

Cinzano. Je ne suis que le serveur de son apéritif préféré. Invisible autrement, sans consistance.

Aujourd'hui, elle s'assied rapidement, commande son Cinzano et sort un petit carnet. Elle l'ouvre, regarde son amie. Car ce sont deux amies. Elles ne peuvent pas être deux sœurs ; elles ne se ressemblent absolument pas.

Elle la regarde puis éclate de rire.

—Si tu savais Laure, si tu savais !

Je ne saurais rien de la suite car le patron m'appelle. Rien de bien important d'ailleurs mais il a dû remarquer que j'étais inactif.

—Ne jamais être inactif, Georges, dans ce boulot, il y a toujours quelque chose à faire ! Allons, bouge-toi.

Mon patron, c'est Jules, un auvergnat autrefois bougnat qui a trouvé plus intéressant d'ouvrir ce bistrot rue de la Gaité que de vendre du charbon, un sac sur le dos. C'est bien situé, tout près des théâtres, si bien qu'on voit passer une clientèle variée : beaux messieurs enchapeautés qui s'encanaillent, jeunes actrices ou comédiennes en recherche d'engagement, bourgeoises accrochées au bras d'un époux qui lorgne de tout côté tandis qu'on les sent quelque peu inquiètes de traverser un tel quartier. Car il y a aussi Margot, Julie ou Gabrielle, les péripatétitiennes du secteur qui, dans une discrétion toute relative, invitent les chalands à d'autres distractions. Mais ça, c'est plus tard, quand la rue s'anime au sortir des théâtres, que les lampions s'agitent au gré du vent du soir et que les bonnes gens sont couchées.

En attendant, il est midi et les deux amies sont installées, comme chaque mardi.

La plus petite écrit dans son carnet, un sourire énigmatique aux lèvres. Elle a négligemment laissé tomber son manteau sur le haut des bras, découvrant ainsi une mince robe de lainage et un sautoir de perles de jais. Elégante elle aussi, elle sait prendre une pose avantageuse, mais le fait-elle exprès ? Les femmes n'ont-elles pas une sorte de grâce spontanée ?

La plus grande tourne inlassablement sa cuillère dans sa tasse de chocolat, les doigts de l'autre main délicatement posés à l'ovale de son visage. Elle ne dit rien. Je me demande ce qu'il se passe aujourd'hui. D'habitude, elles se parlent, rient ensemble de ce petit rire discret des femmes du monde, la main en coque devant la bouche. Là, l'une s'est enfermée dans son carnet et ses pensées tandis que l'autre semble réfléchir. Elle ne paraît pas s'ennuyer, non, seulement réfléchir.

Je me dis que c'est ça l'amitié : laisser à l'ami du temps pour être lui-même.

Ainsi Laure laisse à Adèle le temps nécessaire pour accepter le « si tu savais ».

Petit à petit, le regard de Laure se pose sur la main d'Adèle qui écrit fébrilement. Je vais prendre les journaux sur la table voisine, leur demande si tout va bien ; elles me répondent en souriant, m'offrant un bref instant l'éclat de leur joli visage dissimulé par le chapeau. J'essaie de ne pas m'éloigner. J'essuie les tables, range quelques chaises.

—Alors Adèle, que se passe-t-il ?

—Ah Laure, si tu savais ce qu'il m'arrive !

—Dis-moi, j'ai hâte de savoir.

—Tu ne vas pas le croire. J'ai fait quelque chose qui ne me ressemble pas.

—Qui ne te ressemble pas ? Je crois qu'on ne sait jamais ce que tu vas faire, alors, quelle importance si cela ne te ressemble pas, non ?

—Tu me vois comme cela ? Une tête de linotte, une étourdie, une fille perdue ?

—Non, je t'en prie Adèle, je n'ai jamais dit cela !

—J'espère, sinon notre amitié serait morte !

—Tu ne peux pas dire une chose pareille pour quelques mots qui ne font que montrer mon affection.

—Parce que dire qu'on ne sait jamais ce que je vais faire, c'est un compliment, peut-être ?

—Il ne s'agit pas de compliment. Seulement de te faire comprendre combien je te connais bien.

—Voilà, c'est une critique !

—Non, pas plus une critique qu'un compliment. C'est une preuve d'amitié que de dire la vérité à sa meilleure amie.

—Toute vérité n'est pas bonne à dire !

Voilà Jules qui m'appelle au moment fatidique. Sacré Jules. Mettre le couvert, oui, voilà, voilà. Je repars avec une pile d'assiettes, un chiffon sur le bras pour nettoyer les tables. Même si c'est déjà fait, ça me donnera du temps.

Adèle a fermé son carnet, elle regarde drôlement Laure, sans un mot. Ses mains sont crispées l'une à l'autre, ses jambes enroulées l'une dans l'autre. Tendue, prête à l'attaque, peut-être.

Laure tend la main, s'empare du nœud formé par les mains d'Adèle, le caresse, lentement, comme pour apaiser la colère qui brille dans les yeux soudain noirs d'Adèle.

—Je t'en prie, ma chérie, ne te vexe pas ! Je n'ai rien dit de négatif, rien qui devrait te blesser. Si cela a été le cas, pardonne-moi.

Adèle alors se redresse ; d'un geste brusque, elle remonte le manteau sur ses épaules, puis se cale au fond de la chaise, sans regarder Laure. Puis elle se rapproche et s'accoude à la table, tête basse.

—Excuse-moi ; je sais que tu ne voulais pas me blesser. Je suis un peu à cran, tu sais. Parce que j'ai pris une décision cruciale pour mon avenir et que, pour ce faire, j'ai dû batailler contre moi-même, lutter contre cette spontanéité, ce naturel qui me caractérisent et dont tu as si bien exprimé les conséquences : « on ne sait jamais ce que tu vas faire. »

—Veux-tu bien me dire ce que tu vas faire ?

—Eh bien, voilà, reprend-elle en levant les yeux. Je vais quitter Philippe. Je veux pouvoir vivre sans contraintes, sans l'inquiétude de le voir arriver soudain, m'obliger à te laisser là, parce qu'il m'aura pris le bras, m'aura forcée à me lever pour lui obéir, parce qu'il ne supporte pas de me voir attablée devant un Cinzano. Je veux être moi-même, pouvoir aller au théâtre quand je le veux, reprendre mon travail de mannequin si je veux.

Laure tend la main vers Adèle, essuie d'un doigt léger la larme qui se forme au coin de l'oeil de son amie.

—Je suis là, ma chérie, je suis là. Ne t'inquiète pas. Je peux dire à Jean que tu veux reprendre du service, si tu veux. Il y a une fille qui part, alors il y a une place pour toi.

Mon chiffon s'est immobilisé sur la table qui se trouve derrière elles. Comme c'est beau, une telle amitié.

Laure me fait sursauter :

—Georges, et si vous nous serviez deux Cinzano ? Nous en avons besoin.

Le choix de Sara

Anna Down South – Wife-

Debout face à la large fenêtre de sa chambre, Sara relève de la main la mèche de cheveux bruns qui tombe sur son front. La lumière crue inonde le parquet blond d'une douce nuance. Tout semble calme, serein. Sara soupire.

—Et si je m'en allais ? Seule, loin de ces gens qui n'attendent que de voir la robe de la mariée. J'entends déjà ma tante Lili :

—Mon Dieu qu'elle est jolie, ma petite !

J'aperçois son minois de souris, ses yeux plissés de bonheur, le petit haussement de sourcil qui lui va si bien.

Et sa sœur Joséphine :

—Un peu osée, peut-être ? Et encore quand je dis osée, je devrais dire transparente ! Ça ne se fait pas quand même ! J'aurais dû aller avec elle. Toi, elle te fait tourner en bourrique. Mais comme toujours, n'est-ce pas, vous m'excluez de tout.

Ce qui est un peu vrai ; mais Jo est tellement pénible aussi, tout en jugement et bien souvent condamnation.

Mes tantes, celles que j'aime et déteste à la fois. Elles m'ont élevée puisque ma mère, leur sœur, est décédée à ma naissance et que mon père préférait voyager plutôt que de s'encombrer d'un bébé. Il s'est rattrapé, plus tard, peut-être trop tard quoique... Est-il jamais trop tard pour un père et sa fille pour se retrouver ? Je l'aime aussi malgré ses absences, ses fuites, ses secrets. C'est lui qui va me conduire à l'autel pour me confier à Cédric, l'homme que je vais épouser. Pourquoi d'ailleurs vais-je épouser cet homme ? Il est beau, superbe devrais-je dire, grand, élancé et fort. Sa peau dorée et si douce sait s'animer sous mes doigts : elle glisse, tremble un peu et s'accorde si bien à la mienne. Et il est intelligent, lui, dirait tante Jo, l'opposant ainsi à celui que j'ai passionnément aimé et qui m'a quittée sans un mot. Je suis ressortie de cette histoire brisée, démolie au point de tout abandonner, ma vie professionnelle, mes amis, mon pays d'adoption. Et je suis revenue dans les bras de mes tantes, leur giron à la fois rude et aimant. Jusqu'au jour où Cédric est entré dans nos vies, au hasard d'une panne de voiture, dans ce petit village perdu, loin de tout. Seul jeune homme, et moi seule jeune femme : pouvions-nous éviter ce que le sort semblait avoir prévu ? Et s'enchaînèrent alors ce qui devait s'enchaîner : un flirt et plus, un projet, un mariage avec trois cents témoins.

Lili et Jo ont fait ce qu'il fallait avec la mère de Cédric : invitations dans les normes, décoration de l'église, réception fastueuse, toilettes spécifiques pour tous les moments clés...J'ai eu l'impression d'être emportée dans un tourbillon auquel je ne pouvais échapper ! Impossible de réagir, d'exprimer mon avis. Et pourtant j'avais un avis : je voulais faire simple, tellement plus simple, plus intime aussi mais j'étais bien seule à le vouloir car même

Cédric avait plongé avec délices, me semble-t-il, dans la folie créatrice de nos aînées. Alors, j'ai suivi le mouvement. Je me suis adaptée à ce qui « devait être ». J'ai même applaudi aux choix qu'on m'imposait. Pourquoi pas ? De toutes façons, était-ce bien moi qui me mariais ? J'avais l'impression de vivre la vie d'une autre. Je serais bientôt madame V., j'aurais à mener une maison, à vivre une vie de femme mariée dilettante et oisive. Était-ce que je voulais vraiment ? Je ne me suis pas posé la question. C'était dans l'ordre des choses. J'avais l'âge, l'occasion, l'environnement. Tout le monde était ravi. Quoi de plus beau que le bonheur des siens ? J'ai tout accepté, sans réfléchir. Qu'avais-je besoin de le faire ? J'aimais Cédric et n'épouse-t-on pas l'homme qu'on aime ? Seule entorse à cette quasi volontaire soumission, cette robe, ma robe, celle que j'ai choisie, en toute conscience.

C'est vrai qu'elle est superbe, cette robe. Aérienne : le savant plissé de mousseline et de plumetis ne dissimule que bien peu mes longues jambes, surtout quand la lumière, qui entre par la grande fenêtre aux petits carreaux rectangulaires, transperce le tissu, faisant naître des ombres dans le vaporeux de la robe. J'ai laissé mes longs cheveux bruns juste attachés en queue de cheval mousseuse. Un naturel « recherché » malgré tout ! De quoi interpeler les quelques élégantes traditionnalistes qui ne manqueront pas à la cérémonie et dont je n'ai que faire ! Au contraire, j'ai bien envie de les choquer un peu, ces dames, surtout celle qui se permet de me regarder de haut, moi la petite qui ait refusé sa progéniture, un beau parti, enfin seulement un parti, car la beauté n'était pas au rendez-vous. Ni l'intelligence d'ailleurs !

Décidément, plus je me regarde, plus je trouve que cette robe a été faite pour moi. D'abord pour moi, pour affirmer ce que je suis, peut-être ce que je voudrais être, si je suis honnête. Une femme libre.

La liberté ! J'ai bien l'impression qu'elle me file entre les doigts, ma liberté !

Qu'y faire d'ailleurs ? Je n'ai pas l'excuse d'un trop jeune âge, ni celle de l'inexpérience. J'ai accepté la situation. Alors je dois aller jusqu'au bout. Et puis, renvoyer les trois cents convives, avec leurs cadeaux, leurs toilettes, leurs remarques ? Rompre l'harmonie d'un jour si particulier, si solennel ? Oter au prêtre, au maire, aux témoins, à mon père même, le rôle qu'ils s'apprêtent à jouer, qu'ils ont peut-être préparé avec cœur ? Priver ceux que j'aime de leur heure de gloire, leur refuser ce qu'ils souhaitent au plus profond d'eux-mêmes, les humilier, même. La mariée s'est enfuie ! On ne voit ça que dans les films !

Sara s'assied. Elle sent soudain comme un énorme poids sur les épaules. C'est physique. Cela ne se peut pas. On ne peut pas continuer la comédie. Elle n'est pas celle qui s'engage en sachant que l'échec est au bout du mariage, que la souffrance des uns et des autres se dissipera bien mieux si elle tranche dans le vif, si elle renonce au rôle qu'elle s'est engagée à jouer.

Et pourtant, faut-il détruire l'espoir de tous ces gens, faire exploser l'apparente harmonie de ce jour ? Pour obtenir quoi de plus ?

Soudain, une voix :

—Sara, nous t'attendons, ma chérie. Il faut aller à la mairie !

—J'arrive, fait Sara. Partez avant moi. Je viendrais seule, plus tard. Ce sera plus solennel !

Une âme curieuse vit bientôt une fine silhouette, toute vêtue de jean, traverser la grand 'rue. Peut-être entendit-elle aussi le pas rapide et clair d'un talon de femme ou entrevit-elle le bord d'un chapeau rabattu sur les yeux ? On le dit plus tard quand la mairie ferma ses portes, quand le curé décommanda la chorale et quand les invités furent priés de repartir. Nul n'entra dans le cœur des proches de Sara. Il aurait pu saisir un immense chagrin. Mais le chagrin s'efface, non ?

Le bouquet de jonquilles

« Toute ma vie, je me suis amusé, je me suis fabriqué mon petit théâtre. » Robert Doisneau

Les amoureux aux poireaux - 1950 *Robert Doisneau*

« Puisque je te dis qu'il faut des poireaux dans la soupe !

—Des poireaux dans la soupe ? Jamais ma mère n'en a mis !

—Parce que ta mère ne sait pas cuisiner, tout simplement !

—Parce que la tienne elle sait, peut-être ?

La journée avait pourtant bien commencé. Un rayon de soleil les avait réveillés dans les bras l'un de l'autre. Ils s'étaient souri, embrassés goulument et avaient replongé dans la découverte mutuelle de leurs corps. Ils s'étaient rendormis un peu, mais pas vraiment : juste une torpeur faite d'abandon et de plaisir.

Il faisait bon dans le vieil appartement qu'occupaient Suzon et Louis. Jeunes mariés – ils s'étaient dit oui en mars-, ils apprenaient à vivre ensemble, effleurant jour après jour ce qui les différenciait, exhaussant ce qui les rassemblait, soudain tellement craintifs de ce qui pourrait faire voler en éclats les quelques briques qu'ils venaient d'empiler pour construire leur nouvelle existence.

—Dis-moi que tu n'aimes pas la blanquette de veau de ma mère ! Et ses œufs à la neige !

—Parlons-en de ses œufs à la neige. Je déteste les œufs à la neige !

—Ah, ah, ah, se moqua Suzon.

—C'est vrai. Elle s'est imaginé que j'adorais ça. Eh bien non, je ne supporte pas les œufs à la neige.

—Alors, pourquoi tu ne le lui dis pas ?

—Devine.

Louis se détourna et enfila un pantalon.

Suzon se prélassait encore sur le lit défait, témoin de leurs ébats. Allongée sur le dos, elle relevait ses lourds cheveux de son bras dodu, offrant ainsi au regard de son époux la pointe blonde d'un sein rond. Mais Louis ignora cette invite, vexé d'avoir lancé une discussion qui ne menait qu'à une querelle d'amoureux. Tout cela pour des poireaux ! Pourtant, il fallait bien mettre des poireaux dans la soupe, il en était certain.

—Lève-toi, Suzon. On va au marché !

—Chercher des poireaux peut-être ? dit-elle d'un ton mutin.

Sa voix égrena un rire que Louis se refusa à apprécier.

—Allez, viens. Il est dix heures et il n'y aura plus de fraises ! Elles viennent d'arriver sur les étals.

—Tu te souviens de nos fraises alors, questionna Suzon

—Non, pas vraiment, rétorqua brusquement Louis. Allez, lève-toi !

—Oui, oui, ça va, j'arrive !

Suzon se leva d'un bond puis se précipita à la cuisine où elle s'aspergea le visage avec l'eau fraîche de la bassine émaillée.

—Brrr, pas chaude l'eau ce matin ! Il fait quel temps, à ton avis ?

—Est-ce qu'il compte, mon avis, bougonna Louis

—Ne fais pas la tête, voyons ! Les poireaux n'en valent pas la peine.

Louis ne répondit pas, passa dans l'entrée et mit sa veste de tweed.

—Dépêche-toi, Suzon ! Tu es lassante, à la fin !

—J'arrive, j'arrive. Je m'habille et je mets mes chaussures.

Suzon apparut bientôt, fraîche, souriante. Elle avait revêtu un pardessus dont la ceinture mettait en valeur sa taille.

—Attends, mes gants ! Où sont-ils ? Ah, je perds tout en ce moment ! C'est toi qui me fait perdre la tête, mon chéri. Et le panier ? Ah, le voilà !

Louis ouvrit la porte et prit les escaliers.

Suzon le suivit, jouant de ses jolies jambes, les bras ouverts comme une star descendant les marches d'un palais de cinéma, un large sourire sur son visage rebondi. La vie était belle. Louis reviendrait bientôt à de meilleurs sentiments. Quand on parlait de sa mère, c'était toujours risqué. A moins qu'on ne l'encense, ce que Suzon se refusait de faire. N'avaient-ils pas convenu de fuir le mensonge et l'hypocrisie ?

Dehors, le printemps pointait son nez. Les gens ouvraient le col de leur manteau, levaient la tête vers le pâle soleil d'avril, tentant de capter un peu de chaleur. Les enfants jouaient dans le parc, infatigables bambins qui, au soir, s'effondreraient dans leur lit sans demander leur reste.

Suzon les regarda, s'imagina maman, bientôt peut-être. Était-ce si merveilleux d'avoir à veiller sur de petits êtres ? Ne perdait-on pas la liberté qu'on s'était accordée en quittant le domicile familial ? Que deviendrait alors le couple qu'elle formait avec Louis ? Finis les matins coquins, les jeux amoureux du jour, les chamailleries ! Il faudrait faire face. Y était-elle prête ?

Louis marchait devant, ignorant sa compagne qui pressa le pas, s'accrocha à son bras. Louis eut un mouvement d'agacement.

—Donne-moi le panier !

—Si tu n'y mets pas de poireaux ! ironisa Suzon.

—Oh, arrête avec ça.

Suzon comprit qu'il ne fallait pas insister. Louis avait parfois du mal à comprendre l'espièglerie de son épouse. Elle aimait tellement s'amuser, plaisanter ! Mais peut-être ne fallait-il pas exagérer ?

Ils prirent les quais de Seine, jetant un œil distrait sur le flot de péniches qui s'alanguissaient sur le fleuve, en partance pour un ailleurs qu'ils ne connaitraient jamais.

On était dimanche et au marché se pressaient les chalands. Les étals regorgeaient de victuailles. Il était passé le temps des restrictions. On n'avait plus à présenter son carnet. Chez le boucher, les tronçons de boudin noir voisinaient avec les quartiers de viande rouge. Les chapelets de saucisses pendaient aux côtés de larges jambons secs et de longs saucissons. Et au centre, majestueuse, trônait une tête de porc aux oreilles fleuries de persil frisé.

Louis commanda deux belles tranches de foie, un peu de chair à saucisses et quelques grattons. Suzon le laissa faire. Il valait mieux le contenter. A aucun moment d'ailleurs, il ne lui demanda son avis si bien que, pendant qu'il réglait ces achats, elle poursuivit sa course dans le marché.

Ici, s'alignaient les fromages, offrant leur tranche dorée à l'envie des passants, égrenant une large variété de petits chèvres secs tout en embaumant alentour. Plus loin, les primeurs présentaient une impressionnante palette de couleurs : pommes jaunes ou rosées, laitues vert vif échevelées, bettes bicolores ou artichauts violacés. Les choux éclataient dans leur robe verdâtre tandis que leurs cousins, les choux fleurs, ouvraient leur corolle autour de leur bouquet craquant. Les choux verts déployaient leurs larges feuilles grêlées, invitant les cuisiniers au pot au feu ou à la potée. Et là, devant la balance en laiton, blotties dans des coupelles en papier, les fraises ! Une main s'en saisit, une belle main.

Suzon se retourna et croisa l'œil enjoué de Louis.

—Tiens, ma chérie. Je m'excuse. Ce sont les premières.

Il tendait à Suzon un bouquet rond de jonquilles où celle-ci plongea le nez avec délice.

Au coin de la rue, un photographe saisit l'instant magique de la paix retrouvée ; un homme étreignant d'un bras une jolie jeune femme. Celle-ci sourit, rayonnante sous le baiser appuyé de celui qui porte un panier, rempli de poireaux.

Sur un banc

« On ne photographie pas la physionomie » Antoine-Auguste Preault

Paul Almasy - Femme lisant un journal et un homme dormant sur un banc – 1965
akg images by editor

Le voilà avachi sur le banc ! Bien sûr, il fait chaud puisqu'on est en été. Et puis, il y a eu ce repas roboratif. Imaginez un peu, du civet de lièvre en plein mois de juillet ! Ma chère belle-mère est toujours pleine de surprises ! Sans parler du gratin de pommes de terre à la normande, suivi d'un baba au rhum. Et que dire du Nuits Saint Georges et du Moët et Chandon servis alors ? J'ai un petit appétit si bien que j'ai très peu mangé et juste trempé mes lèvres dans mon verre. Mes verres devrais-je dire. Trois verres, une coupe, trois fourchettes, trois couteaux, trois assiettes de taille différente. Heureusement qu'il n'y a pas trois entrées, trois plats, trois desserts ! On ne s'en serait pas sortis ! Mais c'est ainsi chez les aristos. On ne fait pas les choses à moitié, on respecte les règles du savoir-vivre en bonne société. Comme dans ce manuel qu'elle m'a offert pour nos fiançailles.

—Vous verrez Lucie – je m'appelle Lucette mais elle m'appelle Lucie, « c'est plus joli, vous ne trouvez pas ? », a-t-elle décrété -, il y a tant à apprendre sur l'art de recevoir. Et avec le métier de Jean, - il est avocat- vous devrez être à même de le faire dans les règles de l'art.

A croire que je suis une oie blanche, ce qui est peut-être vrai, en la matière seulement ! Je suis certaine que j'en sais bien plus qu'elle sur d'autres sujets plus « croustillants ». Il n'y a qu'à regarder Charles pour comprendre qu'elle n'a pas dû faire de folles et inventives galipettes !

Charles ! Un petit homme grassouillet à la lippe pendante, aux yeux humides et au regard lubrique… J'ai saisi le personnage dès que je l'ai vu. Et poseur avec ça, gonflé d'orgueil et d'importance, la montre à gousset en main, l'autre dans le gilet, le torse bombé en avant comme pour gagner en pouvoir, faute de gagner en centimètres, tout en frisant le ridicule. Quelle vie lui a-t-il offert ? Le luxe, les voyages, les relations mondaines, le nom de De Lannoy. Je me suis demandé si la particule était d'origine, un peu comme le Bel Ami de Maupassant. Mais je n'ai jamais osé en parler à Louis. Charles est l'archétype de l'embourgeoisé…

Son fils ne lui ressemble en rien : grand comme sa mère, l'œil clair et bienveillant, le caractère sans fantaisie certes, mais rassurant. C'est ce qui m'a plu chez lui et ce que j'oublie en ce moment quand je vois ainsi abandonné au sommeil d'après bombance, presqu'allongé, jambes écartées.

Je le regarde, les yeux dissimulés par le bord de mon chapeau, derrière ce journal qui me sert de paravent. Avez-vous remarqué combien cet objet peut être un accessoire indispensable pour observer sans être vu ?

Est-ce là l'homme que j'ai tant aimé ? C'était il y a vingt-deux ans. Une rencontre romanesque. J'étais en panne avec mon vélo dans la nuit noire de Paris, en bord de Seine. Etoiles et réverbères rivalisaient pour pailleter d'or les flots du fleuve engourdi par le soir. Je rentrais du travail, harassée : les clients avaient été nombreux et monsieur Hervé était intransigeant sur la qualité du service rendu. J'avais ôté ma tenue, veillant à retrouver un peu de moi-même et enfourché mon vélo pour rentrer me reposer, enfin ! Soudain, je dérapai sur les pavés et tombai sans trop de dommage. Je me relevai et constatai que la chaîne avait déraillé. Sans que j'y prenne gare, un véhicule s'arrêta. En descendit un bel homme à fine moustache, élégamment mis et fort empressé. Il fit signe à son chauffeur, qui n'y voyant goutte, ne put que constater son impuissance si bien que mon vélo et moi montâmes bientôt dans la limousine, car c'en était une. J'étais intimidée par tant de luxe, le bar qui bientôt s'ouvrit devant un assortiment d'alcools et de boissons ainsi qu'un ensemble de couverts qui me parurent être en argent, l'accoudoir en cuir où je posai délicatement mon bras endolori par la chute.

—C'est une Rolls, votre voiture, demandais-je d'une petite voix.

—Une Alvis, année 43. Vous avez vu, il y a une aigle sur le capot. Les Rolls ont une figurine qu'on appelle « spirit of ecstasy », une sorte de femme penchée dont la robe figure presque les ailes d'un ange. C'est révélateur, les femmes ne sont-elles pas des anges ? Vous vous y connaissez en voiture ? demanda-t-il.

—Non, lui répondis-je en riant, mais j'aime les regarder.

—Il faudra apprendre à les conduire. Je peux vous y aider.

Il avait cette voix suave des acteurs de cinéma, à la fois virile et ferme mais douce, comme soyeuse.

Une voix à ne pas résister. Je ne résistais pas longtemps. J'appris à conduire et j'abandonnai bientôt mon métier. Deux ans plus tard nous étions mariés en dépit du peu d'empressement que mit ma belle-mère à me rencontrer, contrairement à son époux dont je dus maintes fois repousser les avances, au début de mes fiançailles avec son fils. Une serveuse, n'est-ce pas, c'était avant tout une câtin ! Mais Louis m'imposa et je m'imposais aussi, contournant les nombreux obstacles que sa mère mit sur la route de notre union : demoiselles de la bonne société invitées avec Louis sans que je le sache, enquêtes sur ma vie antérieure où elle ne trouva rien, surveillance par un détective privé dès l'annonce de nos fiançailles.

—J'adore mon fils ; je veux qu'il soit heureux, serinait-elle à qui voulait l'entendre. Et à moi la première !

En attendant, vingt-deux ans après, son fils est là, vêtu d'un short d'été, pieds nus dans l'herbe, canotier sur les yeux, mains croisées sur la poitrine, écroulé sur le banc. La position reine pour la sieste. Moi, je me suis installée jambes croisées, posture bien droite ; j'ai pris un journal afin d'éviter toute discussion qui depuis bien des années est, soit inintéressante, soit stupide.

—Ma chérie, il fait chaud, ne croyez-vous pas ?

—Oh oui, mon ami, il fait chaud.

—Je pense que je vais faire une sieste. Ma mère nous a encore trop fait à manger. Heureusement, nous sommes passés à côté des œufs à la neige !

—Je ne vous le fais pas dire. Moi, je vais lire : il y a quelques événements qu'il est bon de suivre actuellement dans notre pays. Vous savez que nous allons élire notre président ?

—Ah, vous vous mêlez de politique maintenant ! Mais, ma chère, qu'est-ce que les femmes peuvent comprendre à la politique ? Occupez-vous de votre intérieur et laissez-nous gérer le monde.

Je ne dis rien. Chaque fois que je l'ai contredit, nous nous sommes disputés. Alors je ne dis rien ; je ne dis plus rien, même si je sais qu'ainsi nous nous éloignons irrémédiablement l'un de l'autre jusqu'à ce que ce mariage d'amour se transforme en mariage de raison.

Le monde pourtant est en ébullition. On sent comme un vent de folie, la fin d'une époque. Je ne sais pas si le Général n'est pas d'un autre âge. Mais qui pour lui succéder ? Un Mitterrand, un Lecanuet, un Tixier-Vignacourt ? Le droit de vote a fait de nous des citoyennes à part entière mais sommes-nous prêtes à l'exercer en toute responsabilité, sans suivre l'avis d'un père ou d'un mari ? Je le voudrais, comme toutes les femmes de mon temps mais il reste tant à faire pour que nous soyons les égales des hommes.

Tiens, Louis a sorti ces vilaines sandales ! Je ne sais pas si sa mère l'a remarqué. Elle a bien fait une réflexion sur le short : c'est « acceptable », en été, a-t-elle dit. Ou n'a-t-elle pas plutôt dit « tolérable » ? Je n'en sais rien et puis, quelle importance ! Mais ces sandales qu'il traîne lamentablement, qui l'obligent à adopter une démarche inélégante ! Non ! Ce n'est pas lui, l'ancien dandy qui me faisait valser dans les soirées mondaines, qui m'emmenait découvrir le monde, tourné essentiellement vers moi, sa « déesse », disait-il. Et fidèle avec ça ! Enfin, d'après ce que je sais.

Je critique les sandales mais il faut bien avouer que mes chaussures en paille tressée ne sont pas plus élégantes ! C'est la mode ! Et puis, elles sont assorties au ruban de mon chapeau et aux broderies de mon corsage.

Louis ronfle. Je tente d'étouffer un fou-rire ; je le sens qui monte, qui commence à m'étouffer tant il enfle, s'étoffe, se gonfle. Il va éclater, inévitablement. Je respire, encore, mais ne peux me retenir. Il y a alors comme une éruption, un cri venu du tréfond de ma gorge, si bien que Louis sursaute, regarde de tout côté et tente de se relever.

—Aie ! Mon dos ! Qui a fait ça ?

—Quoi, ça, mon ami ?

—C'est vous qui avez crié ?

—Crié ? Je n'ai rien entendu. Vous avez dû rêver. Rendormez-vous.

Il me regarde d'un air complice, cligne d'un œil, repose son chapeau sur le visage et fait mine de ronfler.

Je ris sous cape. Comme on se comprend bien !
C'est tout de même un bon garçon, cet époux. Je
lui prends la main, la lui caresse. Il me la serre,
murmure dans son nouveau sommeil et je sais
alors, qu'en dépit de tout, je l'aime encore.

La pierre bleue

La liseuse - Vermeer - 1657-

« Madame,

Je vous vois chaque jour devant votre fenêtre, attentive à la vie qui se passe au-dehors. Vous regardez de loin ce monde de marchands, de voyageurs, de vagabonds qui bruisse d'une énergie inconnue de vous, celle de la piétaille et de la trivialité. J'observe votre grand front penché sur votre ouvrage, les anglaises blondes qui dansent sur vos joues et le visage souvent impassible qui vous caractérise. Comme vous semblez inaccessible alors ! j'aimerais tant connaître vos moindres pensées ! Rêvez-vous d'un ailleurs dangereux et passionnant ? Ou imaginez-vous votre avenir, ici, dans cette maison, telle que vous êtes alors ? Avec des enfants peut-être ? Quand vous lirez cette lettre, je sais que vous serez debout face à la croisée bleue ouverte, ce lieu propice au secret qui vous permettra peut-être de dissimuler ce courrier aux yeux de votre époux, s'il venait à rentrer. A votre gauche, la table, garnie de fruits, comme une invite à la gourmandise. Vous aurez remonté le rideau cramoisi qui cache la lumière et vous sépare ainsi de la réalité des hommes, ouvert la lourde tenture jaune qui cache votre lit. Votre image gracieuse et douce se reflètera alors dans la vitre, comme votre double, celui qui peut-être est fait de regrets et de chagrins non dits. Car qu'en est-il, Madame, de votre mariage ? Aimez-vous votre époux ? Que savez-vous de lui d'autre que ce qu'il vous dit ? Le croyez-vous honnête, gentil, prêt à tout pour vous plaire ? Les robes et bijoux que votre rang exige comblent-ils votre vie ? En un mot, êtes-vous heureuse, Madame ?

J'aimerais que vous le soyez, par ma faute ou ma grâce, que vous riiez de joie quand vous me rencontrez, que votre joue se colore de rose, que votre poitrine ronde s'anime d'émoi.

Je vous aime, Madame, pour votre calme doux, vos gestes harmonieux, votre grâce indicible, votre pudeur de bon aloi quand parfois vous croisez mon regard.

Vous ne pouvez pas dire à l'instant qui je suis. Mais un jour, Madame, vous me reconnaîtrez car, dans ma main ouverte, brillera une pierre bleue. Et vous saurez alors.

Celui qui vous adore. »

Béatrix Van de Von repose d'un geste lent la mystérieuse missive. Bien sûr elle ne peut savoir qui est cet inconnu. La lettre lui a été remise par un domestique sans qu'aucune émotion n'ait pu faire accroire rien d'extraordinaire. Une lettre de plus pour elle, pareille à celles qu'elle reçoit de sa mère chérie, exilée à Paris.

La rue s'est animée de cris et de voix fortes qui invitent à la vie : ici le sabotier tape sur le bois ; là la marchande de fleurs vante ses tulipes ; plus loin le rémouleur fait chanter le métal et le ramoneur annonce sa venue. Béatrix sortirait bien : elle enfilerait son mantel de taffetas mordoré, rabat-trait sur sa tête la large capuche. Elle irait par les ruelles pavées, humant un air de liberté, cherchant à croiser un regard entendu.

Mais Béatrix est troublée. De qui est ce courrier si intime ? Quel est l'homme qui l'observe ainsi du dehors ? Elle reprend la lettre, en lisse la page d'un air absent. Puis s'assied sur le lourd siège disposé sous la fenêtre, presqu'émue, surprise mais aussi agacée, comme si son intimité était outragée : quelqu'un l'observe, tente de pénétrer son âme. Elle relit les mots qui à la fois l'enchantent et lui font si peur, tentant de deviner.

Il y a bien ce voisin empressé qui un jour l'a saisie par le bras, pensant qu'elle allait tomber et en a profité pour caresser la rondeur de sa poitrine ten-due de satin. Elle avait fui, prestement et comme il avait ri ! Il riait d'ailleurs chaque fois qu'il la voyait à moins qu'il ne lui glisse un clin d'œil effronté.

Ou cet autre aperçu un jour, au traverser du pont :
bel homme svelte et racé qui lui avait souri d'un air
gourmand, lui glissant quelques mots qu'elle
n'avait pas saisis. Elle avait frémi devant tant d'au-
dace mais s'était malgré tout sentie honorée
d'avoir éveillé chez un homme, un peu de la galan-
terie dont son mariage est désormais exempt.

A moins que Jean Werther, ami de son mari, qui
sait frôler parfois sa main d'un air goguenard ou
sous-entendre fort habilement son goût pour elle ?
Le tapissier, par bonheur, est parti en France, re-
joindre ses ouvriers qui travaillent pour le roi.

Alors qui ? Qui d'autre ? Un inconnu qu'elle n'a pas
remarqué ?

Le plus terrifiant, c'est cette incertitude. Se savoir
épiée, observée, emprisonnée dans le regard d'un
autre, voilà qui lui fait perdre toute contenance.
D'un geste brusque, elle ferme la fenêtre, laissant
la chaleur de l'été envahir le logis. Elle s'effondre
sur le lit couvert d'une tapisserie, s'efforce de

garder son calme, d'apaiser son cœur qui bat la chamade. Doit-elle informer son mari ? Lui montrer la lettre maudite et voir revenir ainsi la mine renfrognée et chafouine qu'elle craint tant ? Lui si doux aux fiançailles, si sombre peu après, même si aujourd'hui, il semble plus affable.

La porte claque. Mon Dieu, le voilà. Béatrix dissimule la lettre dans son corsage, se lève et rouvre vivement la fenêtre.

—Madame.

—Monsieur.

—Avez-vous passé une bonne journée ?

—Je crois, oui. Le temps a passé vite. Il fait si beau ce soir !

—Oui, il fait beau. Mais vous êtes pâle, Madame. Que se passe-t-il ? Etes-vous souffrante ?

—Non, Monsieur. Je vais bien.

—Peut-être la chaleur ?

—Ce doit être cela.

—On me dit que vous avez reçu une lettre.

—Une lettre, Monsieur ? De ma mère je pense.

—Vous pensez ! Quelque réponse surprenante !

—C'est que... (elle se reprend) Ma mère ne va pas bien. Il faut que j'aille la voir.

—Eh bien, allez-y. Puisqu'il le faut.

—Et vous, Monsieur, qu'avez-vous fait ?

—J'ai travaillé, beaucoup et beaucoup réfléchi. J'ai rapporté ceci. Pour vous. »

Il ouvre alors la main. Au cœur de cet écrin de chair repose une pierre bleue.

Partie 3

« La famille, ce havre de sécurité, est en même temps le lieu de la violence extrême. ”

Boris Cyrulnik

Rendez-vous manqués

« La vérité est que l'art doit être l'écriture de la vie."
Edouard Manet

« Un déjeuner dans l'atelier » Manet 1868

Je ne sais pas ce qu'il fait là, appuyé sur la table, tournant le dos à son père. Oh, son père, il ne s'en soucie pas plus que ça. Il boit tranquillement le café que je viens de lui servir, en tirant sur son cigare, le chapeau vissé sur le crâne, comme si on mangeait avec un chapeau sur la tête. ça porte malheur ! C'est comme d'ouvrir un parapluie dans une maison ! On aura tout vu dans cette famille !

Monsieur m'a prévenue ce matin :

—Mon fils Paul vient manger. Vous prendrez des huîtres, c'est la saison et il les adore. Et vous nous préparerez une belle andouillette avec ce gratin que vous réussissez si bien.

Je n'étais pas peu fière ! Je me suis dis :

—Ah quand même, il reconnaît ! Depuis le temps que j'en fais des gratins ! Mais avec les huîtres, j'ai trouvé que l'ensemble était peu digeste. Et puis, je suis presque sûre que Monsieur Paul n'aime pas ça ! Mais c'est Monsieur qui décide, n'est-ce pas !

—Il faudra sortir l'armure et le sabre du cagibi et me les astiquer pour que ça brille et la poser là ! a-t-il repris.

Comme si je n'avais que cela à faire ! Arroser cette maudite plante verte qui grandit tant qu'elle touchera bientôt le plafond, faire la poussière, m'occuper du linge, préparer le repas ! Sans parler du chat qui perd ses poils et trouve le fauteuil très confortable ! Un chat noir, en plus ! Pourquoi, faut-il en plus que j'astique les armes ? Je vous le demande ! Je ne suis pas une ordonnance de colonel, moi ! Et pourquoi sortir ce vieux machin ? Pour montrer qu'il est le chef ? Il est devenu bizarre, Monsieur, depuis la mort de Madame.

C'est pour cela, je pense, que monsieur Paul vient rarement le voir. Il vit à Paris. On le voit, tant il est bien habillé ! Pantalon blanc, veste noire, cravate et canotier ! Un vrai dandy, ce jeune homme. On dit dans le village qu'il mène une drôle de vie à Paris ! Il aurait des maîtresses, des dames d'un certain âge qui lui offriraient des cadeaux ou autre chose. D'autres disent qu'il entretient des danseuses. Moi, je répète ce qu'on dit au village !

Monsieur Paul est arrivé, l'église sonnait midi. Il est entré, sans frapper. Il est chez lui d'accord, mais malgré tout, c'est surtout chez son père ici ! Je pense qu'il aurait pu frapper. Monsieur n'était pas encore descendu. Il m'a souri, a posé un baiser sur ma joue:

—Rose, comment allez-vous, ma chère Rose ?

Ah, ce sourire ! Depuis qu'il est tout petit, il a ce sourire ! Un sourire charmeur. Je comprends que ces dames...

Donc il m'a souri et je crois que j'ai dû rougir. A mon âge, j'ai un peu honte mais j'avoue que ça m'a

fait plaisir. «Ma chère Rose », c'est plutôt gentil !
Et le baiser ! J'ai fondu !

Monsieur est descendu peu après ; il avait dû
l'entendre arriver. Entre eux, on voit tout de suite
que ce n'est pas le grand amour ! Ils ne
s'embrassent jamais, ne se serrent pas dans les
bras l'un de l'autre. Aucune tendresse. C'est
surprenant après ce qu'ils ont traversé ! A moins
que ce ne soit par pudeur. Madame, elle, le prenait
dans ses bras, son fils, elle le cajolait, lui disait des
mots gentils, le complimentait sur sa mine.
Monsieur ne fait jamais ça. Il le regarde, le salue
d'un signe de tête et va s'asseoir à table.

—Mangeons, dit-il.

Monsieur Paul ne dit rien. Je crois qu'il soupçonne
son père d'avoir fait exprès pour les huîtres. Je n'ai
rien dit quand Monsieur m'en a parlé car Monsieur
n'en fait qu'à sa tête. Et puis, ils ont un compte à
régler, à mon avis ! Lequel ? Va savoir. Pourvu

qu'ils n'en viennent pas aux mains, c'est tout ce que je demande. Quoique dans ce milieu, on évite ou on se bat en duel. D'où les armes peut-être ?

Le repas a commencé. J'ai apporté le plat de charcuterie d'abord, du beau jambon cru bien charnu, bien rouge avec des cornichons. Je les ai laissés mais j'avais une oreille !

Silence total. Pas un mot. Seul le bruit des couverts, misérable tintement qui signifie qu'il y a ici des gens qui mangent. Le silence, vous dis-je ! Chacun dans son coin, dans ses réflexions, dans sa bulle ! A quoi pensent-ils d'ailleurs, chacun de son côté ?

§§§§§

Elle fait une de ces têtes, cette chère Rose ! Elle n'a pas encore compris ! Une gentille fille, enfin une gentille dame, car elle a bien vieilli, celle dont le giron m'accueillait en rentrant de l'école, celle qui me berçait quand j'étais malheureux. Car du malheur, il m'en a fait goûter le vieux ! Aucune tendresse, aucune attention. Il n'y a qu'à voir aujourd'hui ! Des huîtres, il m'inflige des huîtres alors qu'il sait pertinemment que je déteste ça. Il a toujours été comme cela : malfaisant, méchant, toujours grognon, jamais content ! Voir le côté positif des choses lui est étranger. Son éducation peut-être ? Maman disait que son père était un « tyran domestique », doublé d'un ours cruel et colérique. Au moins, lui, il ne se met pas en colère. Il ne dit rien. Il semble vivre dans un autre monde, loin de tout, surtout depuis le départ de Maman. C'est vrai qu'elle nous manque mais la vie continue ; il n'est pas vieux quand même. Il pourrait profiter de l'existence. J'ai longtemps rêvé d'avoir une vraie conversation avec mon père, lui dire que je suis là pour lui, et parler du monde qui va mal mais pour lequel il faut se battre, le refaire peut-être avec passion, ensemble. Mais j'ai renoncé : il est inaccessible. Clos, comme ces huîtres avant que l'idée de les manger lui vienne ! Et cette armure que la pauvre Rose a astiquée pendant de longues heures, sûrement ? Il y a même le sabre ! Qu'est-ce que ces objets viennent faire ici ? Voilà une éternité que je ne les avais vus. Depuis, oh, je n'en ai aucun souvenir en fait. Je sais seulement qu'il les sort de temps en temps. Pourquoi ? Comme preuve de son pouvoir, de sa virilité ou de ce qu'il en reste ? Pour une fois encore m'humilier ? Pour que je lui pose la question ?

—Tiens, vous avez sorti l'armure et le sabre ! Pourquoi donc ?

Il ne répondrait pas ; il ne me parle pas ; il grogne. Il pourrait me raconter l'histoire de ces armes ; m'expliquer la raison pour laquelle il agit ainsi. Mais jamais une phrase, parfois un mot, mais si rarement.

Alors je viens peu le voir puisqu'on ne se dit rien. Il ne sait rien de ma vie alors que je pourrai lui faire partager mes joies et mes peines, mes réussites, mes combats. Le journalisme est un métier passionnant. On est au cœur de l'événement en tentant cependant de prendre la distance nécessaire à l'analyse. Cela n'est pas toujours facile pour l'enthousiaste que je suis ! Le monde est tellement cruel, les hommes tellement fourbes et barbares. Mais j'aime plonger dans l'actualité brûlante, confronté aux dangers des conflits qui se jouent dans les rues ou à l'Assemblée, comprendre le monde, le fonctionnement de nos contemporains. Et puis, il y a Paris. Ah, Paris ! Ville lumière, dit-on, et c'est vrai. Quand les réverbères offrent une pluie d'étoiles à la Seine, quand s'animent les bars, les caf'conc, quand sortent les jolies dames, avenantes et joyeuses. Les quais ensoleillés qui accueillent les badauds dès le printemps ; les robes à crinoline qui font les femmes belles et désirables ; les larges avenues où s'égrènent les calèches, au rythme des sabots des chevaux. Et le Bois, sa fraîcheur mais aussi son monde policé et rieur. J'aime Paris. Alors qu'est-ce que je viens faire ici ? Qu'est-ce que je viens chercher dans la maison paternelle ? Est-ce par reconnaissance d'une éducation qui m'a permis d'être ce que je suis ? Par orgueil aussi, pour montrer que j'existe. Pour défier ce père qui, j'imagine, sirote actuellement son café en fumant le cigare. A quoi peut-il bien penser ?

§§§§

Il n'est pas encore parti ! Sa main est appuyée sur le rebord de la table, à côté du couteau. Il me tourne le dos. Comme si je n'existais pas. Alors pourquoi vient-il me voir ? Comme Jeanne me manque ! Elle me dirait, elle, pourquoi.

Et il n'est pas bavard ! Jeanne, au moins, elle parlait, parfois pour ne rien dire, il est vrai, mais il y avait alors de la vie dans cette maison et des éclats de joie dans ses yeux. Elle était si belle, si joyeuse, si spontanée. Un peu envahissante aussi mais elle avait le défaut de ses qualités. Sa mort me laisse démuni et je sais que je me ferme aux autres, à ce fils aussi qui pourtant vient me voir régulièrement mais qui ne me dit rien de lui. Que sais-je d'ailleurs de sa vie à Paris ? Qui fréquente-t-il ? Sûrement ces gribouilleurs de peintres ou ces écrivaillons qui font scandale. Et les filles légères ! Il est journaliste, oui, un de ces pisse-copie, de bobardiers qui inondent la société de ragots. Et puis, cette tenue de dandy apprêtée et tapageuse. Ce pantalon blanc ! Pour moi, rien ne vaut le velours à grosses côtes, confortable et peu salissant.

Il a compris pour les huîtres : il n'est pas le bienvenu. Il doit attendre d'être invité. Lui, c'est juste un bleu pour prévenir, et la veille ! Il croit que ça suffit. Rose dit que cela ne la gêne pas mais Rose, elle lui a toujours tout passé ! je trouve qu'elle a tendance à prendre ses aises depuis que cette pauvre Jeanne nous a quittés. J'ai bien vu qu'elle tiquait quand j'ai donné le menu. Il faut dire que les huîtres et l'andouillette, c'est un peu indigeste.

Mon père non plus ne parlait guère sauf quand la colère le prenait tout entier, transformant ainsi notre univers en un enfer tonitruant. Petits, mon frère et moi nous cachions dans la grosse armoire normande, tout au fond, dans les nappes brodées. Ma mère le savait mais elle ne disait rien. Elle subissait la violence de ce colosse. Plus tard, nous nous sommes interposés mais nous étions alors ses victimes. Mon fils, je ne l'ai jamais battu, encore moins Jeanne. Pourquoi frapper avec ses poings quand les mots ou le ton suffisent ? Je reconnais que je ne suis pas facile à vivre mais je suis honnête, enfin je crois. Et c'est moi qui commande ! N'ai-je pas été un soldat émérite qui maniait le sabre avec vigueur ?

Ce café est excellent comme toujours et rien ne vaut un bon cigare après le repas. Lui ne fume pas, pas ici du moins. Mais lui ai-je jamais proposé un cigare ! Qu'est-ce que je lui ai jamais proposé à cet enfant ? Je lui ai donné le gîte, le couvert, l'éducation, c'était mon rôle de père. L'amour, c'est Jeanne qui s'en est chargé. Mais j'aurais pu l'emmener à la pêche, lui apprendre la vie ici, à la campagne. Il serait peut-être resté.

Il va partir, je le sens. Et si je lui disais de rester encore un peu ? Nous irions nous promener dans les rues du village, nous ririons ensemble des facéties des enfants qui jouent sur la place ; nous boirions un verre sous les platanes, nous…

§§§§

—Père, je m'en vais. A bientôt. Je vous enverrai un bleu pour vous prévenir de ma prochaine visite.

Parle-moi

« Je ne veux pas que tout soit réglé quand je commence à travailler sur une image. Il doit y avoir quelque chose de non résolu que je peux comprendre. C'est la partie excitante. La photo prend souvent une tournure surprenante qu'il faut ensuite accepter » Xénia Hausner

« Unter Storm » 2012- *Xénia Hausner*

http://www.xeniahausner.com/check_quadrat_painting/

—Ma chérie, lève-toi, je t'en prie. Ou dis-moi quelque chose. Parle-moi.

Lise est là, allongée sur le canapé beige, le regard fixé sur nulle part, la mine boudeuse.

Et je suis penchée sur elle, mère inquiète.

Lise est prostrée ainsi depuis qu'elle est rentrée du travail. Elle est coiffeuse dans un grand salon qui voit passer des gens célèbres qui ne la voient pas. Pourtant elle est si jolie avec son visage encore plein d'enfance, auréolé de courts cheveux auburn. Mais il y a des mondes qui ne se rencontrent jamais vraiment. La vie est ainsi faite. Pourquoi vouloir changer les choses ?

Elle semblait si heureuse hier, comme si un événement exceptionnel était arrivé, comme si son destin allait changer, le pauvre destin que je peux lui offrir, dans la caravane que nous partageons depuis qu'on nous a pris notre maison. La crise a tout emporté. John d'abord et son fabuleux rire que la maladie a éteint d'un coup, après que l'usine eut fermé et que tous les ouvriers se fussent retrouvés sans travail. Puis notre fils aîné, tombé de la large poutre qui surplombait le ciel de New-York quand il construisait le gratte-ciel. Moi, j'ai survécu, au prix de calculs impossibles, de privations, de sacrifice, de fils blancs dans mes longs cheveux bruns. J'ai tenu, pour elle, pour que notre famille ainsi réduite à deux, ait encore un espace de paix et d'affection.

Alors aujourd'hui, la voir sans énergie, couchée dans sa robe rouge feu, je ne peux le supporter.

—Lise, je t'en prie, parle-moi. Dis-moi ce qu'il se passe ? Où est passée la joie que j'ai vue dans tes yeux hier ? Qu'est devenue notre danse endiablée, nos rires, notre fête improvisée ? Tu disais que tout allait s'arranger pour nous, que je ne devrais plus aller me casser le dos à récurer les toilettes publiques, que tu ne pouvais rien dire encore mais que c'était sûr, tout irait mieux demain. Alors ? On est demain. Qu'est-il arrivé ?

Lise ne répond pas. Elle regarde au loin, la mine boudeuse, bras repliés, mains glissées sous sa jolie tête décoiffée. Elle ne bouge pas non plus.

J'insiste ; je ne peux la laisser ainsi, si pâle, si malheureuse ; enfin, je pense, oui, qu'elle est malheureuse. Mais que sait-on vraiment de ses enfants ? Ils grandissent, construisent toute une vie en dehors de nous, bâtissent des sas qui nous ferment des portes, nous excluant ainsi de leur existence. Mais nous faisons tous cela, n'est-ce pas ?

Je me souviens de ce bébé charmant, tout en rondeur, plein d'une énergie inédite pour moi tant son frère avait été pataud dès son plus jeune âge.

Puis cette petite fille qui voulait tant danser et qui parfois n'hésitait pas à monter sur les tables du drugstore John Doe pour se produire. Comme elle aimait être le centre du monde ! Comme elle riait de tant de gloire aléatoire. Elle rêvait, elle se pensait danseuse à Broadway, actrice à Hollywood. Elle serait célèbre et nous serions enfin heureux, nous quatre, nous qui traînions à longueur de journée notre malheur de ne pas être nés au bon endroit.

Une adolescence plutôt secrète ; peu d'amies ou qui changeaient souvent. Une peut-être, jusqu'à récemment mais celle-ci avait choisi de se lier à un homme abject qui profitait de sa jeunesse.

—Lise, je t'en prie. Regarde moi. Tu peux tout me dire, tu le sais, non ?

Peut-elle tout me dire ? En fait, je n'en sais rien. M'a-t-elle jamais confié quelque chose d'intime, de personnel ? Malgré tous leurs efforts, les mères ne sont-elles pas des obstacles à toute confidence ? Parce que l'intimité d'une fille renvoie à celle de sa mère et, en particulier à la relation de celle-ci avec celui qui est à la fois père et mari ? Ou parce que la complicité entre elles doit se construire en dehors de tout autre personne ? Je n'y avais pas pensé avant aujourd'hui. La crise que traverse Lise me plonge dans la perplexité puisqu'elle m'incite à analyser notre relation. Peu de mots, quelques gestes d'affection comme cette main qui se pose un instant sur le bras ou qui remonte une mêche rebelle.

—Lise, s'il te plait…

Elle lève un peu les yeux sans bouger la tête. Son regard doit accrocher le fil électrique que nous avons dû tirer pour profiter d'un peu d'électricité. Il est enroulé sur un clou, nouvelle preuve de mon inefficacité à nous sortir de là. Car tout est de ma faute. J'ai voulu le meilleur pour mes enfants ; j'ai voulu qu'ils aient chacun un métier, un statut social, un avenir. Et je n'ai pas compris que sortir de sa condition est illusoire. Je leur ai fait croire que c'était possible.

Lise se retourne un peu vers moi, comme si elle sentait le débat qui m'anime. Son pauvre regard fuit rapidement le mien mais elle accroche ma main, s'y cramponne alors qu'une larme naît à la pointe de ses longs cils, perle ronde qui bientôt glisse sur sa joue.

—Ma chérie, pleure, c'est bon de pleurer. Et puis, nous parlerons si tu veux. Tu me diras ton chagrin, l'épine qui te fouille le cœur.

Mais elle se lève soudain, sort en courant de la caravane et disparaît dans la nuit.

Je hurle son nom, je me précipite dans la noirceur de ce maudit soir, une torche à la main. Je frappe chez ma voisine qui me suit avec ses deux fils. Nous arpentons les bois environnants en criant son nom, nous ameutons notre quartier. Rien n'y fait. La belle solidarité qui s'exprime ici n'y peut rien.

Au lever d'un autre jour, ce coup frappé à ma porte et ces deux policiers engoncés dans leur uniforme et si gênés que je comprends tout. Je les suis, fantôme de moi-même, presque spectre qui entre dans sa tombe.

Tache rouge feu sur les roseaux épars. Corps rebondi offert aux regards des badauds.

J'ai peur ; j'ai mal ; je pleure en silence.

Dans son sac, une lettre à l'en-tête du Delmar Collège.

Mademoiselle,

« Nous sommes au regret de vous informer qu'au vu de votre situation, votre candidature pour le haut certificat de coiffure n'a pas été retenue. »

Scène de ménage

Querelle de ménage - Inge Loor
https://www.ingelook.com

Samedi, jour du ménage.

Un salon, en désordre : des vêtements négligemment posés, une pile de livres sur lesquels trône un cactus famélique.

En arrière-plan une horloge suisse, un ficus elastica, un rideau à large fleurs.

Solange et Bernadette, deux femmes d'une soixantaine d'années, sont assises côte-à-côte, vêtues d'une large robe fleurie, pieds nus sur un parquet gris encombré par un aspirateur et un seau contenant une serpillère. Un plumeau, une chaise renversée complètent cette impression de fouillis.

SOLANGE : Et bien sûr, c'est toujours pareil ; tu penses qu'il faut passer la serpillère avant d'aspirer ! Je te dis ça chaque samedi ! Tu es vraiment stupide ou tu te moques de moi ? - *Un temps* - Ah, tu es pressée ! Tu as rendez-vous avec ton petit ami Jacques ?

BERNADETTE : Ne te montre pas plus ironique que tu n'es ! Tu sais très bien que Jacques est marié !

SOLANGE : Justement, tu es tranquille comme ça ! Tu n'as pas à supporter ses chaussettes sales et sa télé, juste le bonheur d'être avec lui. Même si dans la gamme des beaux mecs, il n'est pas au premier rang, ton Jacques ! Mais toi non plus, en fait !

BERNADETTE : Oh *-elle met une main devant sa bouche ; un temps.* Ni toi d'ailleurs !

SOLANGE : Moi, ce n'est pas pareil. Je n'ai pas d'ami Jacques, J'en ai soupé des hommes. *Elle se redresse.* Mais j'ai été première dauphine de miss Bourgogne.

BERNADETTE : Sauf que le jury avait dû oublier ses lunettes ! *Elle rit à gorge déployée et son rire se casse bientôt en un petit cri rauque.*

SOLANGE : Qu'est-ce qu'il y a, ta méchanceté t'étouffe ?

BERNADETTE : Moi, je n'ai pas l'habitude d'être méchante. Toi, tu te serais étouffée ! La méchan-ceté, ça te connait !

SOLANGE : Ris, ris toujours ! Rira bien qui rira la dernière ! Tu verras que ton Jacques, il ne quittera pas sa bobonne !

BERNADETTE : Je ne lui demande rien, à Jacques. Et d'abord, ce n'est pas « mon » Jacques ! Nous allons nous promener, manger au restaurant, voir un film au cinéma, tandis que toi, qu'est-ce que tu fais de ta solitude ?

SOLANGE : Ma solitude ! Tu trouves que je suis seule avec toi toujours dans les pattes, à me harceler : fais pas ci, fais pas ça ; tiens-toi bien. Nettoie les toilettes après y être allée, fais ton lit… et j'en passe ! Tu es vraiment une sœur chiante, toi ! Quoiqu' « sœur chiante », c'est un pléonasme ! Vivre avec sa sœur ! Quelle idée stupide. A croire que j'ai eu pitié de toi, ma pauvre vieille quand ton Gustave a passé l'arme à gauche ! Faut dire qu'il ne pouvait pas passer l'arme à droite, vu qu'il était manchot ! *Elle éclate de rire.*

BERNADETTE *renifle* Tu es vraiment le comble de la méchanceté, toi *! Elle sanglote dans un immense mouchoir sorti de la poche de sa robe.*

SOLANGE : Bon arrête maintenant ! Ne fais pas ta chochotte ! Ton Gustave, il était pas triste non plus : coureur, joueur, il avait tout pour plaire ! Alors ne me dis pas que tu le regrettes ! Passe plutôt l'aspirateur pendant que je range un peu. *Elle se lève, secoue sa robe dont il tombe de la mie de pain.* Incroyable comme le pain d'aujourd'hui part en mie ! Avant, il partait en miettes et il sentait bon, trop bon ! Mais là, que de la mie molle ! Molle, la mie. Hihihi, je suis drôle ce matin !

BERNADETTE : *rieuse* Séquence nostalgique et clownesque de Solange ; Tatatata…

SOLANGE : T'as fini de pleurer, n'empêche ! Et j'ai bien le droit de préférer le pain d'autrefois, non !

BERNADETTE : Bien sûr, ma chère ! N'oublie pas de secouer les coussins ! Et profites-en pour laver la salle de bain ! Il y a plein de cheveux ! Quand tu fais ce ridicule chignon, fais un peu attention.

SOLANGE : Bon, toi avec tes cheveux qui partent dans tous les sens ! Tu es jalouse !

BERNADETTE *ne répond pas*

SOLANGE : Tu ne dis rien, bien sûr ! Tu fuis toujours le débat, tu te faufiles entre les gouttes ; un vrai serpent !

BERNADETTE : Je préfère ne pas me disputer avec toi. Quand on vit avec quelqu'un, on essaie de préserver l'harmonie !

SOLANGE : L'harmonie ! blablabla, voilà notre Bernadette qui s'envole dans un lyrisme endiablé !

BERNADETTE branche l'aspirateur

SOLANGE parle mais on n'entend rien et BERNADETTE poursuit sa tâche en chantant

SOLANGE *débranche l'aspirateur* : Eh, je n'ai pas fini, moi !

BERNADETTE rebranche l'aspirateur et se remet à chanter. Elle ébauche quelques pas de danse.

SOLANGE *lui touche le bras et lui crie à l'oreille* : J'ai pas fini !

BERNADETTE *lève les deux mains en signe d'incompréhension et poursuit son travail.*

SOLANGE sort.

BERNADETTE *arrête l'aspirateur* : Ouf ; elle est partie. Elle prend le téléphone ; Jack ? *(Elle prononce Djack).* Oui, c'est Nady ; c'est d'accord pour demain midi. Je vous embrasse.

Elle raccroche au moment où Solange revient.

SOLANGE : C'est Nady ! Hihihi ! Nady ! Ma pauvre, tu es amoureuse ! Et Jack ? Il t'aime Jack ? Ridicule ! A votre âge !

BERNADETTE : *fait semblant de ne pas entendre. Puis elle s'écroule sans le canapé en pleurant.*

SOLANGE : Et revoilà ma pleureuse !

Les pleurs de BERNADETTE redoublent.

SOLANGE : *interdite. Hausse les sourcils. Met les mains sur les hanches, ne sait plus quoi faire.*

S'assied à côté de sa sœur. Excuse-moi, ma Nadette. Je vais mourir étouffée un de ces jours, tu as raison ! Viens là que je t'embrasse.

Soudain, le coucou sort de sa cache.

BERNADETTE : Midi déjà ! Et je n'ai pas fait cuire le poulet ! *Elle se lève d'un bond.*

SOLANGE : Oh ! Oh ! On a le temps ! t'affole pas Nadette ! Nady ! Hihihi !

BERNADETTE : *indifférente*, *sort.*

SOLANGE : Tu as entendu, non ! J'ai dit qu'on avait le temps : elle est sourde comme un pot depuis quelques temps. Comme maman !

BERNADETTE : *de la cuisine-* Je t'entends, je t'entends ! *Elle revient-* d'abord maman n'était pas sourde, elle était « ap-pa-reil-lée »

SOLANGE : Donc elle était sourde, sinon elle n'aura pas été « ap-pa-reil-lée » ! T'es vraiment bête, ma pauvre fille ! A l'école, ils t'appelaient Bernabête ! Tu vois, tu n'as pas changé !

BERNADETTE : Non, je ne pleurerai pas ; tu serais trop contente. Je sors. Je vais monter me changer et aller manger un Hamburger. - *Accent sur la première syllabe. Elle sort-*

SOLANGE : Un Hamburger ! On aura tout vu ! Madame mange des Hamburgers !

BERNADETTE : *passant la tête par la porte* - Est-ce que tu sais seulement ce que c'est, un Hamburger ?

SOLANGE : Bien sûr, c'est comme à la télé.

BERNADETTE : C'est ça, oui, c'est ça ! Et c'est moi qui suis bête ! On devait t'appeler Bêbête tout court, à l'école !

SOLANGE : Ah toi, attention ! *un silence-* Dis, est-ce que tu peux m'en rapporter un, de Hamburger ?

BERNADETTE : *repassant la tête par la porte-* Ah ! Madame s'adoucit pour que je puisse rapporter un Hamburger à Madame !

SOLANGE : S'il te plait, ma Nénette !

BERNADETTE *ne dit rien, regarde ailleurs puis esquisse un sourire* : Allez, viens ; monte te changer et on y va toutes les deux manger ce Hamburger.

SOLANGE : Dis, je propose qu'avant on se prenne un petit vin de noix, celui de Gustave. C'est vrai qu'il faisait un bon vin de noix, ton Gustave !

Joie de vivre

*« La photographie est, pour moi, l'impulsion spontanée
d'une attention visuelle perpétuelle qui saisit l'instant et
son éternité »*

Henri Cartier-Bresson

Grace Robertson - sur la chenille - années 50

Maids in waiting –Bert Hardy 1951

—Hortense, ma chérie, quelle joie ! Tu ne changes pas. Si peut-être, tes lunettes ! Tu as changé de lunettes ! Fais voir ! Oui, elles sont plus modernes celles-ci.

—Madly, ma Madly ! Tu es venue me chercher ! Il ne fallait pas. Je connais le chemin même si je ne suis pas venue depuis… depuis combien d'années d'ailleurs ?

—Cinq ou six peut-être, non ?

—Oui, ce doit être ça. Et alors ? Comment vas-tu ? Et Philippe ?

—Philippe ? Je t'en parlerai plus tard. En attendant, donne-moi ta valise que je la dépose dans la voiture et ensuite, je te fais une surprise.

—Une surprise ! Tu n'as pas oublié que j'aime les surprises !

—Une sœur, ça n'oublie rien ! Que je suis heureuse de te voir !

Hortense et Madly se prennent le bras, sortent de la gare et rejoignent le parking.

—Quand même, tu ne voyages pas léger, toi ! C'est pas comme l'année où nous sommes venues passer des vacances à Ouistreham. Tu te souviens ?

—Si je m'en souviens ! Toi, tu portais cette jolie robe blanche à gros pois noirs dont la jupe se soulevait au moindre coup de vent. Tu jouais à Marylin. C'est vrai qu'avec ta tête blonde, ton corps de reine de beauté, tu n'avais pas grand-chose à rajouter !

—L'accent, l'accent, Hortense !

—C'est vrai, l'accent ; le monsieur anglais que nous avions croisé ne s'y était pas trompé !

—VVou naite pa onglès, vvou ? Disent-elles en chœur.

Elles éclatent de rire, petites bonnes femmes aux formes rebondies et au brushing parfait.

—Viens, on va au bord de la mer.

—Ne me dis pas que tu vas me faire asseoir sur cette fichue rambarde ?

—Tu crois que tu ne pourrais pas ?

—Penses-tu ! Avec mes quarante kilos de plus et mes bras mous, impossible de me hisser là-haut.

—Oui, bon, nous avons pris un peu d'embonpoint mais le cœur y est alors. Chiche ?

—Imagine ! On pourrait tomber, se casser quelque chose et surtout, on serait ridicule !

—Hortense, tu es toujours plus raisonnable que moi. J'ai encore vingt ans dans ma tête et je n'arrive pas à grandir pour certaines choses.

—Tu es comme ça, pourquoi vouloir changer ? Surtout maintenant !

Elles se dirigent vers la plage. Il fait un temps superbe. Quelques mètres encore, quelques mètres qui permettent au vent de s'emparer du chapeau de Madly et de le faire rouler sur la route.

—Tenez, Madame. Voici votre joli chapeau, dit un jeune homme serviable. Passez une bonne journée.

—Tu as vu comme il est beau celui-là ? Ce regard de braise, ce teint mat et cette prestance.

—Je t'en prie, Madly, ne parle pas de baignoire, s'il te plait ; à notre âge, on ne pense plus aux galipettes.

—Et Dieu sait si on en a fait, n'est-ce pas ? Renchérit Madly.

Elles se lancent un regard complice, clignent ensemble des yeux et s'embrassent avec fougue.

—Tu sais, celui qui disait que j'avais de très jolies jambes sous ma robe à pois.

—Celui qui t'as…, celui que tu…

—Oh, tu es une sacrée coquine, quand même ! Jamais je n'aurais trompé Philippe, à ce moment-là. J'étais tellement amoureuse.

—C'est toi qui en a parlé la première !

—Peut-être mais il ne s'agit pas de cela.

—De quoi s'agit-il alors ?

—Eh bien, cet homme, cet Américain, je crois, il a pris plusieurs photos de nous deux assises sur la rambarde.

—Quoi ? Tu les as vues ?

—Oui. Il m'a demandé s'il pouvait les publier. J'ai dit oui.

—Tu aurais pu me demander quand même !

—Oui, mais toi, on ne te voit que de dos. Ou alors, juste un peu de profil. Tes cheveux bruns, voilà ce qu'on voit et tes horribles chaussures fermées. Parfois légèrement plus …

—Et quand il t'a demandé ça ?

—Quelques jours après. Je me promenais vers le Grand Bunker quand je l'ai croisé.

—Tu ne m'en as jamais rien dit !

—Tu étais malade, couchée. Il ne fallait pas te parler. Tu étais malade d'amour, de ton Georges, le bellâtre qui t'a pris ta virginité.

—Madly, non, parle moins fort, quand même !

—Pourquoi ? Ça arrive à tout le monde, s'esclaffe Madly.

Elles sont arrivées à la plage. C'est marée montante : la Manche glisse doucement sur le rivage, laissant sur le sable des dentelles moussues. Ciel et eau s'abîment à l'horizon dans un camaïeu de gris et de bleus.

—Regarde !

Elles s'arrêtent un instant, silencieuses. Soudain les voilà dans les années cinquante, au moment où elles étaient là, deux sœurs lumineuses de jeunesse, parties sans bagage voir la mer.

—Stop. Arrêtons ! Le passé est le passé, s'exclame Madly. Viens, je veux te montrer quelque chose.

—Où est-ce que tu m'emmènes ?

—Tu vas voir.

—On passe sur les caillebottis ? C'est plus joli, non ?

Elles longent le rivage au milieu des ajoncs, dépassent les cabines, ralentissent un peu devant le mémorial Kieffer et parviennent à la fête foraine.

—Madly, dit Hortense dans un souffle. Madly, tu ne vas pas me faire monter là-dedans ?

—....

—Madly, je te parle !

—Viens, ça va être drôle ! On va rire, retrouver notre insouciance, notre jeunesse.

—Mais j'ai peur, je t'assure.

—Avec moi, tu ne crains rien. Je suis toujours là pour toi.

—Bien sûr, je le sais.

Elles sont juste à la guérite du forain. Hortense regarde Madly, lui offre son plus large sourire et demande quatre tickets. Puis elle grimpe dans la voiture, tend la main à Madly qui s'installe à côté d'elle.

—Attention la bagnole, attention la chenille va démarrer, crie le forain.

Le convoi s'ébranle, lentement d'abord. Il monte un peu, se faufile dans un noir tunnel où des cris soudain résonnent, voix d'enfants ou d'adultes, jeunes et vieux qui répondent à merveille à l'effet attendu.

La chenille ressort et entame une montée abrupte et soudain…

Il y a la descente, vertigineuse, endiablée, celle qui fait crier bien sûr, mais surtout rire à gorge déployée, s'étouffer de rire tant on est entre la peur et le plaisir, la descente qui soulève la jupe de Madly, dévoilant un bout de jupon gris, celle d'Hortense qui tient la sienne de ses deux mains, dans un bien inutile geste de pudeur. Madly a posé une main sur son chapeau et a empoigné sa jupe en tentant de dissimuler ce qu'elle n'avait pas eu de peine à montrer quand elle avait vingt ans. Le temps a passé mais le rire subsiste, énorme, jouissif, comme l'amour des deux sœurs heureuses dans la chenille.

Partie 4

"Tout bonheur est une innocence."

Marguerite Yourcenar

Un petit plus musical....

Fantaisie parisienne

A Edith Piaf et ses paroliers

Crédit photo : Édith Piaf (1915-1963) © Getty - Keystone-France

Quatorze juillet 1946. La nuit est tombée. Sous les lampions, le bal commence. Quelques hommes se poussent du coude à la vue d'un décolleté appétissant, d'une chevelure flamboyante, juste retenue par un large peigne ou d'un bout de jarretelle entr'aperçu sous un jupon. L'amour, toujours, celui qui fait décrocher la lune mais qui peut faire mourir aussi, quand il s'en va.

Trois jeunes filles s'élancent. Elles y ont pensé à ce bal, elles l'ont imaginé, tant de fois, pendant ces interminables années. Maintes fois déroulé le film d'une soirée pleine de promesses ; maintes fois rêvé le bras d'un homme autour de leur taille, une main effleurant leur hanche.

Les voilà peut-être enfin ces moments inondés de frissons, ces baisers dévorants, ce futur tant promis...

La jupe de Martine montre ses jolies jambes. Christine a préféré une robe qui dégage la rondeur d'une épaule.

—Jolie ta robe, Claudine. Et ce décolleté ! Un peu osé, tu trouves ? C'est le 14 juillet, non et on est là pour s'amuser !

Les voilà qui s'engouffrent dans la foule assemblée. L'orchestre entame une valse improbable et Claudine se souvient. C'est celle que jouait son accordéoniste. Tous les soirs, elle se tenait assise face à lui, subjuguée par les doigts secs et longs de celui qui bientôt partirait à la guerre et ne reviendrait plus. Engloutis les projets de maison, de caissière, de patron. Et aujourd'hui, le revoilà cet air, rappelant les gestes oubliés, dans un chahut de tous les diables. Et il fait défiler le passé comme s'il savait tout par cœur. Alors Claudine pleure sur celui qu'elle a perdu.

Christine s'est installée au bar. Aujourd'hui, ce n'est pas elle qui essuie les verres. Mais elle pense à l'homme qui un jour lui a confié sa peine. Elle l'appelait Milord et l'avait invité à oublier celle qui avait brisé sa vie. Ce soir, c'est elle qui est seule mais elle se sent bien. De toutes façons, à quoi ça sert l'amour, pense-telle.

Martine danse dans les bras d'un inconnu. Elle valse, collée au corps musculeux de l'homme. Ecrasés l'un contre l'autre, parmi les gens qui les bousculent, ils glissent, portés par la foule, qui les traîne et les entraîne. Soudain les voilà séparés par une folle farandole. Martine crie, se débat et regarde s'éloigner celui qu'elle aurait pu aimer, pour un soir, pour toujours peut-être.

Il est tard maintenant. Le bal s'achève. Sous le ciel de Paris marcheront bientôt les amoureux, accompagné du chant des mariniers et de tous les oiseaux du monde.

Des barbelés en fleurs

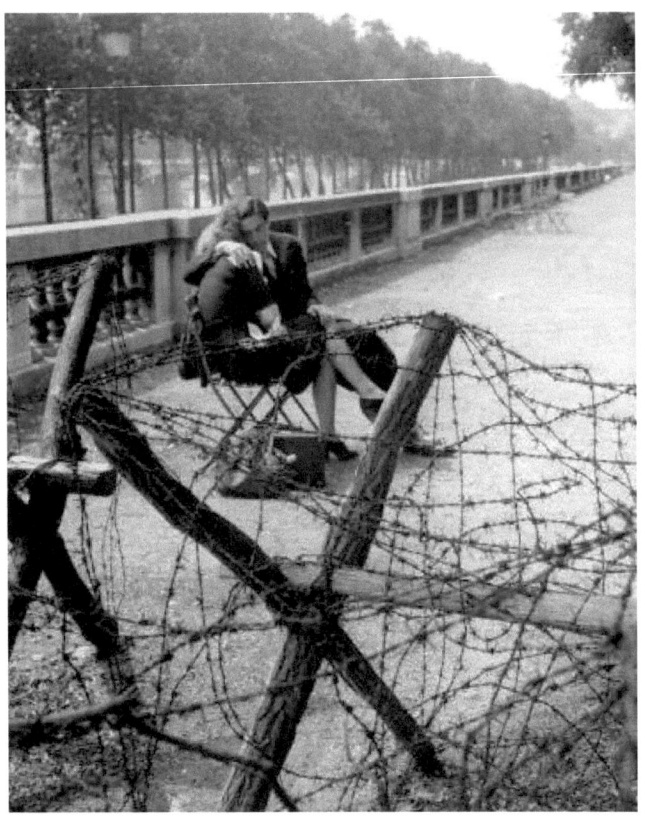

Doisneau- Amour et barbelés 1944

N'aie pas peur, sais-tu

Que sur les barbelés, il poussera des fleurs…

Nous marcherons bientôt librement dans Paris,

Et le sourire aux lèvres, l'amour en bandoulière

Nous cueillerons la vie en oubliant la peur

Nous sentirons les roses dans les parcs fleuris,

Enfouissant bien loin tout ce que fut hier.

N'aie pas peur, bientôt

Les griffes des bourreaux auront quitté les quais

Et les chars des vainqueurs entreront dans la ville

Et la foule enthousiaste pavoisera les rues

D'oriflammes joyeux, et de rires, et de paix,

Porteurs d'or et d'espoirs, éperdus et tranquilles,

Sans songer au passé que nous aurons vécu.

Il y aura la joie, il y aura l'amour

Et dans tout le pays, il y aura la vie

Retrouvée, libérée, après les mauvais jours

Martyrisée hier et heureuse aujourd'hui.

N'ai pas peur, vois-tu

Je te prends dans mes bras pour t'offrir ma cha-

leur

Je noue nos mains ensemble pour conserver la

rage

De la lutte, du combat sans merci mais sans haine,

Afin que dès demain, nous retrouvions en chœur

Nos ennemis voraces et bien loin d'être sages,

Ceux qui nous ont meurtris et ceinturés de

chaînes.

Il y aura les fleurs, il y aura l'été,

Et les piques acérées des rouleaux barbelés

Disparaîtront enfin dans l'eau noire de la Seine

Emportant avec eux et les peurs et la peine

Héliotropes

People in the sun- Hopper - 1963

DOCTEURE : vous ne devriez pas vous exposer ainsi au soleil ! Voyez, j'ai un chapeau, des lunettes et je suis couverte !

ASTROLOGUE : mais c'est si bon ! et puis, le soleil n'est-il pas l'élément directeur de nos vies puisque c'est lui qui détermine nos signes astrologiques ? Je suis sûre que vous êtes une Lionne, ma chère ! Les lionnes estiment qu'elles ont des leçons à donner aux autres.

DOCTEURE : je ne donne pas de leçons ; je fais de la prévention !

ASTRONOME : et vous avez raison ! Savez-vous que le soleil est composé d'hélium et d'hydrogène ? C'est une étoile de la famille des naines jaunes et je ne vous apprends pas que sept planètes tournent autour de lui ! Qui sont ? Allons, je vous écoute !

POETE : le voici qui étale sa science ! Vous êtes vraiment impayable ! Pour moi, le soleil, c'est l'amour. Ne dit-on pas de l'être cher qu'il est « le soleil de sa vie » ?

PHILOSOPHE : il y a tant à dire sur le soleil ! Ambivalent, porteur de vie et de mort, dixit Camus.

DOCTEURE : je ne vous le fais pas dire ! Pensez aux cancers de la peau ! Pensez aussi à la cécité ! La vue, imagez-vous perdre la vue ?

PHILOSOPHE : oui, bien sûr mais je pensais à la philosophie. Le soleil rend possible la vie et notre connaissance du monde par sa lumière et sa chaleur. Pourtant, comme la mort, on ne peut regarder le soleil en face. Ce n'est pas moi qui vous le dit, c'est la Rochefoucauld. Cela nous renseigne sur notre condition d'homme, n'est-ce pas ? C'est pour cela d'ailleurs que les éclipses ont toujours terrifié les hommes.

ASTRONOME : sachez que tous les peuples développent une mythologie du soleil.

PHILOSOPHE : pour se rassurer ; paradoxalement pour rationaliser un phénomène qui nous dépasse !

ASTROLOGUE : vous avez sûrement raison. J'ai lu que le soleil est généralement masculin alors que la lune est associée à la femme. Sauf dans la mythologie nordique où c'est l'inverse, ce qui ne m'étonne pas tant les peuples nordiques sont plus avancés sur la condition féminine. Pens...

POETE : Hum... Si vous le dîtes ! Je vois que vous aviez tous préparé ce moment ! (D'un ton ironique) : tout le monde a révisé ?

ASTROLOGUE : *(se retournant)* Ah, vous ! Vous êtes d'un terre- à- terre !   Restez donc plongé dans vos vers puisque c'est ce que vous faites sur ce cahier ! Vous écrivez ?   Je vous laisse à vos soi-disant poèmes ! *(Un temps)* Ne nous occupons pas de lui ! Je disais, pensons aussi aux Aztèques, aux Incas, aux Mayas qui ont fait du soleil leur divinité la plus importante, symbole de vie et pourfendeur des ténèbres si inquiétantes. Les Incas d'ailleurs ne se disaient-ils pas descendants du dieu soleil ?

POETE : *(à part)* : on va bientôt avoir droit aux Egyptiens, Rê et tout le bazar !

ASTROLOGUE : Dans la mythologie mésopotamienne, le soleil, dit « Shamash » n'a qu'une petite place par rapport à la lune qui elle est toute puissante ! Nous avons notre revanche, docteure !

DOCTEURE : un peu tardive, la revanche ! Quelques cinq siècles après !

POETE : *(à part)* Quel étalement de science ! J'ai raison, ils ont révisé. Beau temps annoncé, bain de soleil prévu même si l'astre solaire, comme on l'appelle aussi, est assez timide. Alors, on prévoit pour épater la galerie ! Il faut dire qu'il y a du beau monde : une astrologue, un astronome, un médecin et même un philosophe ! Moi, je ne suis que poète !

PHILOSOPHE : Mais le soleil dévoile la vérité. « La vérité crue » de Nietzsche, quand il n'y a plus d'ombre, à l'heure du zénith, quand toute superstition et toute convention disparaissent. Seul face à ce que nous sommes.

DOCTEURE : C'est bien douloureux cela. D'ailleurs, vous devriez vous recouvrir le crâne. Avec votre calvitie, c'est dangereux. Trop de soleil est néfaste à votre santé, même si, pour certaines maladies on pratique de l'héliothérapie !

ASTROLOGUE : vous m'étonnez, docteur.

DOCTEURE : pour vous, une blonde à peau claire, ce n'est pas recommandé.

PHILOSOPHE : l'homme est plein de surprise. Le bronzage a longtemps été un marqueur social ; agriculteurs, travailleurs de force se reconnaissaient ainsi. Tandis que ces dames utilisaient chapeaux et ombrelles pour conserver une peau de lait. Et ne parlons pas des Japonaises et de leur poudre de riz. Les femmes sont très bizarres.

ASTRONOME : Vous avez bien raison, mon cher. N'y a-t-il pas quelque chose qui vous frappe ici : nous sommes comme les tournesols, les héliotropes. Nous recherchons tous le soleil. Nous en avons un besoin vital. Mais ses bienfaits sont limités et ses méfaits notables, si bien que les nuages et la pluie sont bienfaisants. Ils ne font que passer comme la nuit d'ailleurs. Le cycle de la nature nous permet de survivre. Et nous sommes en train de la perturber !

DOCTEURE : Effectivement. Même si le soleil est une énergie inépuisable, ses rayons apportent maintenant trop de sécheresses et de famines parce que nous détruisons ce qui nous protège de lui.

(Silence)

POETE : *(à part)* Et revoilà le réchauffement climatique !

DOCTEURE : Avez-vous remarqué, monsieur le poète, combien notre langue est riche de ce soleil ? Insolation par exemple !

POETE : « faire honneur au soleil » pour les paresseux ; « fondre comme neige au soleil », pour les impatients ; « une place au soleil » pour les exigeants ; mais « le soleil brille pour tout le monde », n'est-ce pas ? Même pour les ignares, non ?

ASTROLOGUE : Il y a aussi « beau comme un soleil », le « char du soleil » qui permet l'alternance du jour et de la nuit. Sans parler des héliotropes que nous sommes, n'est-ce pas Docteur ? Tout droit issu du dieu Hélios.

POETE : *(à part)* Et ça continue !

PHILOSOPHE : dites-moi, à nous tous, nous savons bien des choses sur le soleil qui, pour Platon, soit dit en passant, est le Bien, ce qui éclaire les choses sensibles.

POETE : sauf s'il nous aveugle, non ?

PHILOSOPHE : alors, il faudrait fermer les yeux au monde ? Attendre l'ombre pour comprendre notre condition ? C'est ce que vous voulez, poète ?

(Silence)

POETE : *(lisant)* « Au printemps, Tipasa est habitée par les dieux et les dieux parlent dans le soleil et l'odeur des absinthes, la mer est cuirassée d'argent, le ciel bleu écru, les ruines couvertes de fleurs et la lumière à gros bouillons dans les amas de pierres. A certaines heures, la campagne est noire de soleil. » Albert Camus, Noces à Tipasa.

(Silence)

PHILOSOPHE : c'est beau, c'est fort. Comment comprenez-vous « noire de soleil » ?

POETE : Faut-il à tout prix, tout expliquer ?

PHILOSOPHE : n'est-ce pas nécessaire de comprendre ce que dit un auteur ?

POETE : Je me laisse bercer par les mots, les couleurs

J'aime m'abandonner aux sons et aux odeurs

Le poète est semblable au prince des nuées...

ASTRONOME : ce n'est pas de vous, ça !

POETE : les deux premiers vers. Le troisième n'est peut-être pas de moi !

DOCTEURE : quel drôle de bonhomme vous faites !

POETE *(agacé)* : ai-je jamais dit que j'en étais l'auteur ? *(Il se replonge dans son cahier)*

ASTRONOME : Vous n'avez pas dit le contraire !

POETE : peut-être fallait-il faire une annonce entre les vers ?

DOCTEURE : laissons cela maintenant ! Et si nous nous taisions pour profiter de ce coucher de soleil ?

ASTROLOGUE : je vais plutôt rentrer. J'ai un peu froid maintenant.

PHILOSOPHE *: (d'une voix d'outre-tombe)* Entrons dès maintenant dans les ténèbres. « Dans les ténèbres, à chacun son destin ![6] »

---

[6] Gao Xinjiang / La Montagne de l'âme

Danse, petite, danse…

Dancing- - Sten Didrik Bellander-1979

Danse, petite, danse,

Goûte ce moment clair où nous sommes ensemble.

Accueille l'harmonie dans ton âme qui tremble,

Jambe droite bien haut, puis la gauche, en ca-
dence,

N'écoute pas les rires moqueurs mais le silence

Qui nous lie dans la joie, le plaisir, le bonheur,

Qui chante notre amour et fait tomber les peurs.

Moi vieux et toi si jeune, moi triste et toi si gaie

Offrons-nous une pause par ce pas endiablé.

Danse, petite, danse,

Il n'y a plus de guerre, Il n'y a plus de morts,

Plus d'incendie rageur ni de vent fou dehors,

Dans cet instant béni où nous formons un monde

Isolé de la haine exilée de la ronde.

Serrons-nous fort les mains, sans faillir, sans fris-
son,

Pour oublier l'angoisse du feu dans la maison,

Oublier le canon, l'enfer de la mitraille

Pour construire la paix, tous deux, vaille que vaille.

Table

Remerciements

Merci à Lara, Hélène, et Jean-Christophe pour leur précieuse relecture,

A mes parents pour leur soutien et leurs encouragements,

A la vie, pour m'avoir donné tant de sujets d'écriture !